U0895648

蚂蚁蜘蛛蜗蜻蜓蠖蝉蜥蜴蜈蚣蝽螳螂蜂蚯蚓蛾蝇虻蝼
蛄蠼螋蝈蝗蚱蜢萤蝴蝶蚊蚰蜒蚜蛞蝓蛐蚂蚁蜘蛛蜗蜻
蜓蠖蝉蜥蜴蜈蚣蝽螳螂蜂蚯蚓蛾蝇虻蝼蛄蠼螋蝈蝗蚱
蜢萤蝴蝶蚊蚰蜒蚜蛞蝓蛐蚂蚁蜘蛛蜗蜻蜓蠖蝉蜥蜴蜈
蚣蝽螳螂蜂蚯蚓蛾蝇虻蝼蛄蠼螋蝈蝗蚱蜢萤蝴蝶蚊蚰
蜒蚜蛞蝓蛐蚂蚁蜘蛛蜗蜻蜓蠖蝉蜥蜴蜈蚣蝽螳螂蜂蚯
蚓蛾蝇虻蝼蛄蠼螋蝈蝗蚱蜢萤蝴蝶蚊蚰蜒蚜蛞蝓蛐蚂
蚁蜘蛛蜗蜻蜓蠖蝉蜥蜴蜈蚣蝽螳螂蜂蚯蚓蛾蝇虻蝼蛄
蠼螋蝈蝗蚱蜢萤蝴蝶蚊蚰蜒蚜蛞蝓蛐蚂蚁蜘蛛蜗蜻蜓
蠖蝉蜥蜴蜈蚣蝽螳螂蜂蚯蚓蛾蝇虻蝼蛄蠼螋蝈蝗蚱蜢
萤蝴蝶蚊蚰蜒蚜蛞蝓蛐蚂蚁蜘蛛蜗蜻蜓蠖蝉蜥蜴蜈蚣
蝽螳螂蜂蚯蚓蛾蝇虻蝼蛄蠼螋蝈蝗蚱蜢萤蝴蝶蚊蚰蜒
蚜蛞蝓蛐蚂蚁蜘蛛蜗蜻蜓蠖蝉蜥蜴蜈蚣蝽螳螂蜂蚯蚓
蛾蝇虻蝼蛄蠼螋蝈蝗蚱蜢萤蝴蝶蚊蚰蜒蚜蛞蝓蛐蚂蚁
蜘蛛蜗蜻蜓蠖蝉蜥蜴蜈蚣蝽螳螂蜂蚯蚓蛾蝇虻蝼蛄蠼
螋蝈蝗蚱蜢萤蝴蝶蚊蚰蜒蚜蛞蝓蛐蚂蚁蜘蛛蜗蜻蜓蠖
蝉蜥蜴蜈蚣蝽螳螂蜂蚯蚓蛾蝇虻蝼蛄蠼螋蝈蝗蚱蜢萤
蝴蝶蚊蚰蜒蚜蛞蝓蛐蚂蚁蜘蛛蜗蜻蜓蠖蝉蜥蜴蜈蚣蝽
螳螂蜂蚯蚓蛾蝇虻蝼蛄蠼螋蝈蝗蚱蜢萤蝴蝶蚊蚰蜒蚜
蛞蝓蛐蚂蚁蜘蛛蜗蜻蜓蠖蝉蜥蜴蜈蚣蝽螳螂蜂蚯蚓蛾
蝇虻蝼蛄蠼螋蝈蝗蚱蜢萤蝴蝶蚊蚰蜒蚜蛞蝓蛐蚂蚁蜘
蛛蜗蜻蜓蠖蝉蜥蜴蜈蚣蝽螳螂蜂蚯蚓蛾蝇虻蝼蛄蠼螋
蝈蝗蚱蜢萤蝴蝶蚊蚰蜒蚜蛞蝓蛐蚂蚁蜘蛛蜗蜻蜓蠖蝉
蜥蜴蜈蚣蝽螳螂蜂蚯蚓蛾蝇虻蝼蛄蠼螋蝈蝗蚱蜢萤蝴
蝶蚊蚰蜒蚜蛞蝓蛐蚂蚁蜘蛛蜗蜻蜓蠖蝉蜥蜴蜈蚣蝽螳
螂蜂蚯蚓蛾蝇虻蝼蛄蠼螋蝈蝗蚱蜢萤蝴蝶蚊蚰蜒蚜蛞
蝓蛐蚂蚁蜘蛛蜗蜻蜓蠖蝉蜥蜴蜈蚣蝽螳螂蜂蚯蚓蛾蝇
虻蝼蛄蠼螋蝈蝗蚱蜢萤蝴蝶蚊蚰蜒蚜蛞蝓蛐蚂蚁蜘蛛
蜗蜻蜓蠖蝉蜥蜴蜈蚣蝽螳螂蜂蚯蚓蛾蝇虻蝼蛄蠼螋蝈
蝗蚱蜢萤蝴蝶蚊蚰蜒蚜蛞蝓蛐蚂蚁蜘蛛蜗蜻蜓蠖蝉蜥
蜴蜈蚣蝽螳螂蜂蚯蚓蛾蝇虻蝼蛄蠼螋蝈蝗蚱蜢萤蝴蝶
蚊蚰蜒蚜蛞蝓蛐蚂蚁蜘蛛蜗蜻蜓蠖蝉蜥蜴蜈蚣蝽螳螂
蜂蚯蚓蛾蝇虻蝼蛄蠼螋蝈蝗蚱蜢萤蝴蝶蚊蚰蜒蚜蛞蝓

蚰蚂蚁蜘蛛蜗蜻蜓蠖蝉蜥蜴蜈蚣蝽螳螂蜂蚯蚓蛾蝇虻
蝼蛄蠼螋蝈蝗蚱蜢萤蝴蝶蚊蚰蜒蚜蛞蝓蚰蚂蚁蜘蛛蜗
蜻蜓蠖蝉蜥蜴蜈蚣蝽螳螂蜂蚯蚓蛾蝇虻蝼蛄蠼螋蝈蝗
蚱蜢萤蝴蝶蚊蚰蜒蚜蛞蝓蚰蚂蚁蜘蛛蜗蜻蜓蠖蝉蜥蜴
蜈蚣蝽螳螂蜂蚯蚓蛾蝇虻蝼蛄蠼螋蝈蝗蚱蜢萤蝴蝶蚊
蚰蜒蚜蛞蝓蚰蚂蚁蜘蛛蜗蜻蜓蠖蝉蜥蜴蜈蚣蝽螳螂蜂
蚯蚓蛾蝇虻蝼蛄蠼螋蝈蝗蚱蜢萤蝴蝶蚊蚰蜒蚜蛞蝓蚰
蚂蚁蜘蛛蜗蜻蜓蠖蝉蜥蜴蜈蚣蝽螳螂蜂蚯蚓蛾蝇虻蝼
蛄蠼螋蝈蝗蚱蜢萤蝴蝶蚊蚰蜒蚜蛞蝓蚰蚂蚁蜘蛛蜗蜻
蜓蠖蝉蜥蜴蜈蚣蝽螳螂蜂蚯蚓蛾蝇虻蝼蛄蠼螋蝈蝗蚱
蜢萤蝴蝶蚊蚰蜒蚜蛞蝓蚰蚂蚁蜘蛛蜗蜻蜓蠖蝉蜥蜴蜈
蚣蝽螳螂蜂蚯蚓蛾蝇虻蝼蛄蠼螋蝈蝗蚱蜢萤蝴蝶蚊蚰
蜒蚜蛞蝓蚰蚂蚁蜘蛛蜗蜻蜓蠖蝉蜥蜴蜈蚣蝽螳螂蜂蚯
蚓蛾蝇虻蝼蛄蠼螋蝈蝗蚱蜢萤蝴蝶蚊蚰蜒蚜蛞蝓蚰蚂
蚁蜘蛛蜗蜻蜓蠖蝉蜥蜴蜈蚣蝽螳螂蜂蚯蚓蛾蝇虻蝼蛄
蠼螋蝈蝗蚱蜢萤蝴蝶蚊蚰蜒蚜蛞蝓蚰蚂蚁蜘蛛蜗蜻蜓
蠖蝉蜥蜴蜈蚣蝽螳螂蜂蚯蚓蛾蝇虻蝼蛄蠼螋蝈蝗蚱蜢
萤蝴蝶蚊蚰蜒蚜蛞蝓蚰蚂蚁蜘蛛蜗蜻蜓蠖蝉蜥蜴蜈蚣
蝽螳螂蜂蚯蚓蛾蝇虻蝼蛄蠼螋蝈蝗蚱蜢萤蝴蝶蚊蚰蜒
蚜蛞蝓蚰蚂蚁蜘蛛蜗蜻蜓蠖蝉蜥蜴蜈蚣蝽螳螂蜂蚯蚓
蛾蝇虻蝼蛄蠼螋蝈蝗蚱蜢萤蝴蝶蚊蚰蜒蚜蛞蝓蚰蚂蚁
蜘蛛蜗蜻蜓蠖蝉蜥蜴蜈蚣蝽螳螂蜂蚯蚓蛾蝇虻蝼蛄蠼
螋蝈蝗蚱蜢萤蝴蝶蚊蚰蜒蚜蛞蝓蚰蚂蚁蜘蛛蜗蜻蜓蠖
蝉蜥蜴蜈蚣蝽螳螂蜂蚯蚓蛾蝇虻蝼蛄蠼螋蝈蝗蚱蜢萤
蝴蝶蚊蚰蜒蚜蛞蝓蚰蚂蚁蜘蛛蜗蜻蜓蠖蝉蜥蜴蜈蚣蝽
螳螂蜂蚯蚓蛾蝇虻蝼蛄蠼螋蝈蝗蚱蜢萤蝴蝶蚊蚰蜒蚜
蛞蝓蚰蚂蚁蜘蛛蜗蜻蜓蠖蝉蜥蜴蜈蚣蝽螳螂蜂蚯蚓蛾
蝇虻蝼蛄蠼螋蝈蝗蚱蜢萤蝴蝶蚊蚰蜒蚜蛞蝓蚰蚂蚁蜘
蛛蜗蜻蜓蠖蝉蜥蜴蜈蚣蝽螳螂蜂蚯蚓蛾蝇虻蝼蛄蠼螋
蝈蝗蚱蜢萤蝴蝶蚊蚰蜒蚜蛞蝓蚰蚂蚁蜘蛛蜗蜻蜓蠖蝉
蜥蜴蜈蚣蝽螳螂蜂蚯蚓蛾蝇虻蝼蛄蠼螋蝈蝗蚱蜢萤蝴
蝶蚊蚰蜒蚜蛞蝓蚰蚂蚁蜘蛛蜗蜻蜓蠖蝉蜥蜴蜈蚣蝽螳
螂蜂蚯蚓蛾蝇虻蝼蛄蠼螋蝈蝗蚱蜢萤蝴蝶蚊蚰蜒蚜蛞

慢
随園書坊

刺蛾·蝉·天牛·尺蠖·朱肩丽叩甲……

树上

蜗牛·细腰蜂·鼻涕虫·蚂蚁·壁虎……

墙上

蠼螋·蝼蛄·西瓜虫·蚯蚓·拉步甲……

地上

谨 以 此 书 献 给 随 园 书 坊 的 虫 子 们

随园书坊由南京师范大学随园校区的废弃印刷厂房改造而成，现为南京师范大学书文化研究中心暨朱赢椿工作室。因为是平房，北侧有一块狭长空地，繁花杂树在此自由生长，自己种植的丝瓜和葫芦交错攀爬。寒来暑往，不管是喜阴还是趋光的小虫子都可以在此找到住所，地上、墙上、树上自成一派野趣。

随园书坊平面图

西
松树
阁楼
琴室
后院
工作室
枫杨树
枇杷树
天井
北草园
茶树
北侧走廊
茶树
小菜园
木槿
竹篱笆
朴树
檀树
展厅前门
油菜园
喜树
红枫树
河滩石
前院
枇杷树
桂花树
桃树
枫杨树
海棠
前院马路
南
马蜂
金蛛
鼻涕虫
人面蜘蛛
小蜥蜴
天牛
刺蛾
朱肩丽叩甲
螽斯
壁虎
蚂蚁
蜈蚣
尺蠖
象鼻虫
跷蝽
蝉
烟管蜗牛
蝴蝶
食虫虻
切叶蜂
叶甲
斑衣蜡蝉
温室希蛛
蚱蜢
拉步甲
青步甲
广翅蜡蝉
鹿蛾
蠼螋
蚰蜒
蜗牛
金龟子
千足虫
蝼蛄
螳螂
蝗虫
锹甲
西瓜虫
蜻蜓
蚂蚁

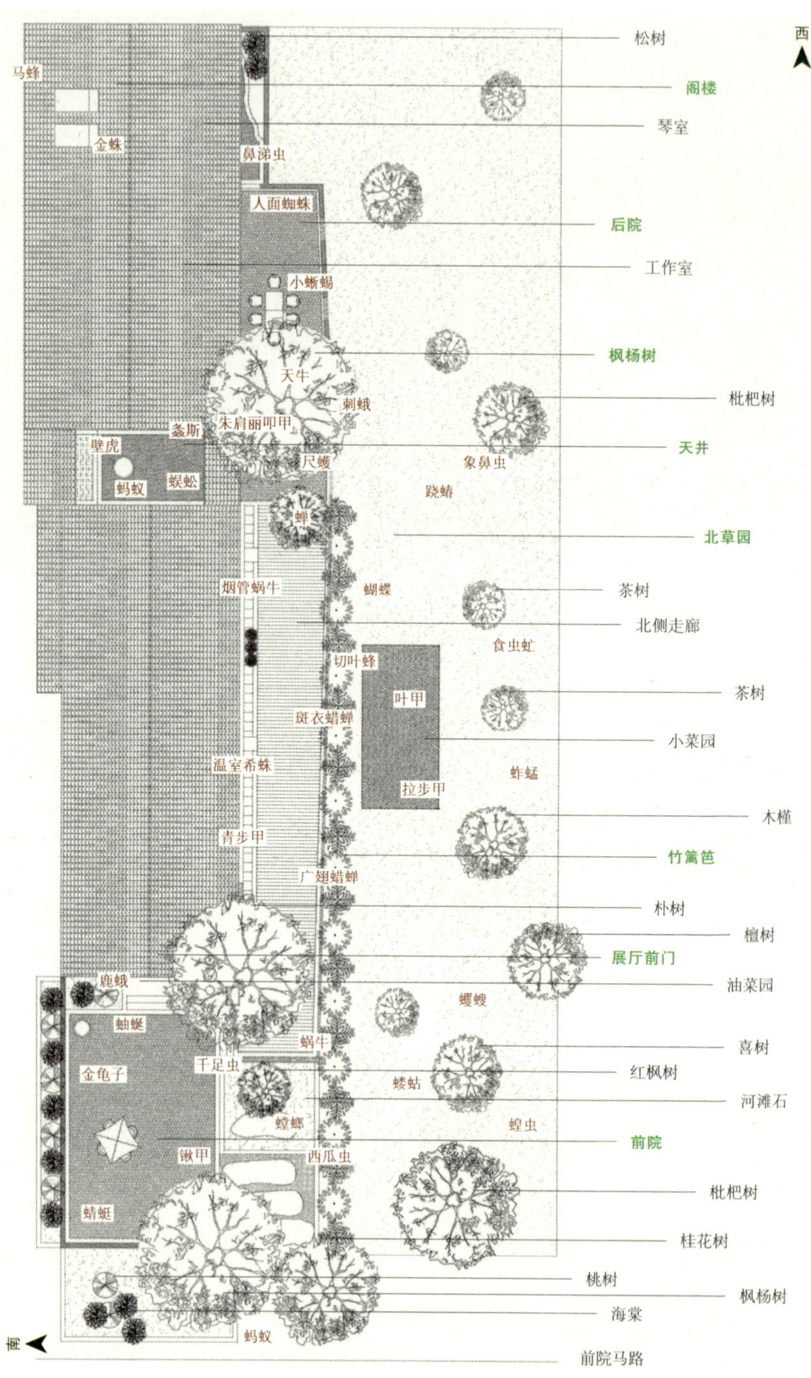

阁楼 打开天窗，可看到枫杨树冠。常会有落叶飘下，曾有一只蜘蛛由此进入室内。墙上挂着风干的丝瓜、葫芦和花生。桌上会养一些水培植物。

后院 朝北，光照少。墙角有一只会织字的人面蜘蛛，木地板下面住着一只小蜥蜴，鼻涕虫会在墙壁上散步。

枫杨树 百年树龄，夏天常听到知了鸣唱其间，尺蠖也会由此吐丝降落。秋天，朱肩丽叩甲曾从树上摔落下来。肉嘟嘟的刺蛾常在树干上爬行。

天井 东墙住着蚂蚁家族，西墙有泥蜂做窝。廊檐木柱上，有幽灵蛛和温室希蛛织网，墙根偶尔有蜈蚣和蚰蜒路过。

北草园 繁花杂树，自由生长。春天可看到蝴蝶的卵和模拟叶芽的尺蠖，夏夜可听到各种虫鸣，也可见到萤火闪烁。

竹篱笆 光照好，夏天丝瓜葫芦交错攀爬。斑衣蜡蝉常在叶子深处歇脚，椿象也会来青藤上乘凉，竹管里住着切叶蜂一家。

前院 向阳而开阔。蜻蜓喜欢成群结队在院中飞舞，矮墙上可看到拖家带口的蜗牛。院子里的朴树下面，是金龟子、蠼螋和蝼蛄的家园。

展厅前门 墙上有爬墙虎，门口有油菜花。春天可看到蜜蜂蝴蝶在此忙碌。门框边的墙缝，常埋伏着蜥蜴或壁虎。烟管蜗牛喜欢在屋檐下睡觉。

虫子旁

朱赢椿

NEXT TO BUGS

略的地方，还有一个精彩的世界

neglected, there is another extraordinary world

关于《虫子旁》

- 《虫子旁》里的虫子不仅限于六条腿的昆虫，还包括百条腿，乃至没有腿的泛指意义上的虫子们。所以这不是一本关于昆虫科学研究的书。

- 《虫子旁》里的图片均为普通照相器材拍摄，甚至还有用手机拍摄的，为了突出虫子，对部分照片做了一些处理。

- 《虫子旁》里记录的小虫故事，发生地点都在随园书坊，主要是地上、墙上或树上偶遇的。主角大多是身边普通的小虫，少有珍稀，更未濒临灭绝，不需要通过田野调查、涉水登山去搜寻拍摄。

- 《虫子旁》无意将虫子们升级到审美等意识形态的高度，更不想讨论所谓益虫和害虫的问题。

《虫子旁》内容组成示意

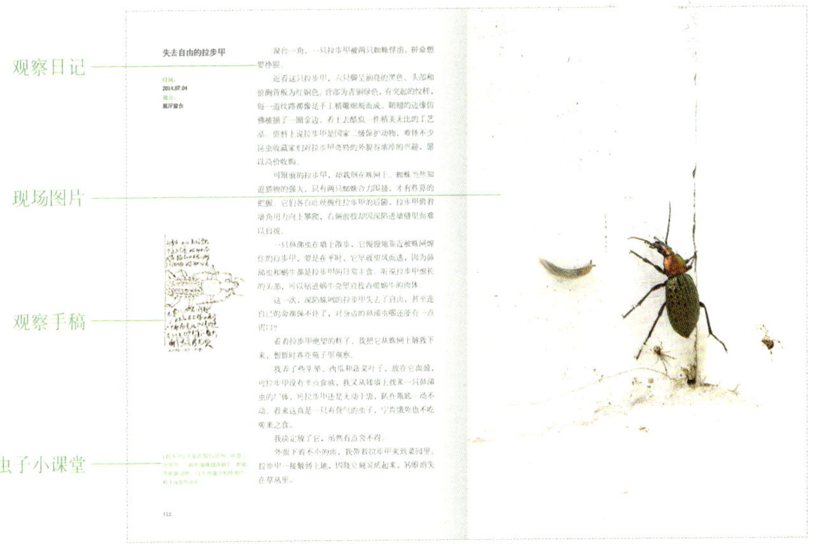

新经典文化股份有限公司
www.readinglife.com
出　品

虫。子。旁。

朱 赢 椿 观 虫 日 志

N E X T T O B U G S

山東文藝出版社

目录

目录

目录

目录

来到虫子旁……

惊蛰刚过。

门前的枫杨还没抽出绿芽，院子里的桃树已经吐出花苞。

一不留神，春天一脚踏入了随园书坊。

蜘蛛的手脚显然还没有什么力气，毕竟饿了一整个冬天。现在，它要去找一个向阳的枝丫织网捕虫。

菜粉蝶也想赶在蜜蜂的前头，去吮吸最新鲜的花蜜，虽然它的衣服总是那么素朴，但翩翩起舞的粉色身影在书坊灰色砖墙的映衬下，却也显出另外一种高雅。

刺蛾的茧壳仍然静静地挂在桃枝上，看似平静，茧壳里面也许正在进行着生命的剧烈变化。

一年之计在于春，虫肯定更知道，而我亦常常来到虫子旁，想知道虫到底知道些什么。

阳光下的新生

时间：
2010.05.10
地点：
墙壁、天井、北草园

天气渐渐暖和起来。在书坊展厅东北角的窗台上，我看到两排微型“酱缸”，外表的咖啡色从上至下由深到浅渐变。最上面还有个隆起的盖子，盖子边缘呈锯齿状，质地也更柔软些。这是虫卵，应该是椿象的，一共十三只，排列整齐，精致无比。在附近的窗玻璃上还有十四只同样的虫卵。

缸状卵的上方约五十厘米处，是十五只虫卵的空壳，像葡萄干，每一个卵的尖端还附着一个颗粒状的小东西，应该是小虫出壳时顶开的盖子。

天井东墙上，还有一个类似蛋饺形状的茧，是半透明的。迎着阳光看，金线一般丝丝缕缕。

北草园，一些野花已经开放，叶子长得油亮肥厚，翻过一片，运气好的话就会看到绿珍珠一样的卵，在阳光的照射下晶莹剔透，这是蝴蝶的。如此漂亮的卵，难怪要藏在这么隐蔽的地方。

虫的一生大多由卵开始，很多小虫钻出卵壳后一般见不到自己的母亲，但母亲在产下它们时，已经选择好了地点：要么很隐蔽，不易被小鸟发现；要么出了卵壳，就能轻易找到吃的东西。一出生小虫们就已经被交付给了另一个母亲——自然。

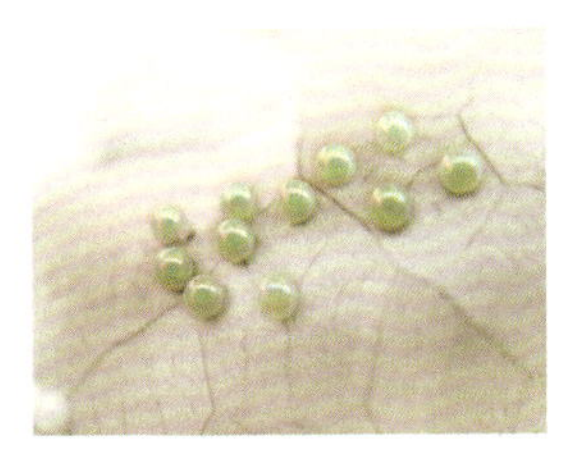

早春的蚂蚁

时间：
2010.04.03
地点：
前院矮墙

每年春天，在随园书坊最先看到的虫子一定是蚂蚁，难怪它们总是以勤劳著称。

桃花虽已经绽放枝头，室外却还是春寒料峭。

三只蚂蚁，排队行进，在忙着为大家庭寻找吃的东西。

蚂蚁们发现了两块瓷砖间有一道缝隙，停下了脚步。

第一只蚂蚁立刻斜着身体，把左前肢伸进缝隙里搜寻；中间的那只也不懈怠，两只前肢撑着台面，用其余四条腿试探缝隙的深浅；第三只蚂蚁索性倒挂着身体，把整个上半身都伸进缝隙里，只露出撅起来的屁股。

看着三只蚂蚁劳动的姿态，怎不让人打心底生出敬意。

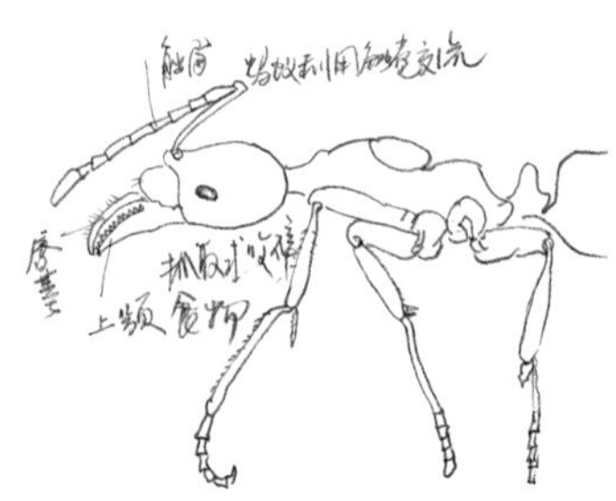

本子上的小蜘蛛

时间：
2010.03.08
地点：
工作室阁楼

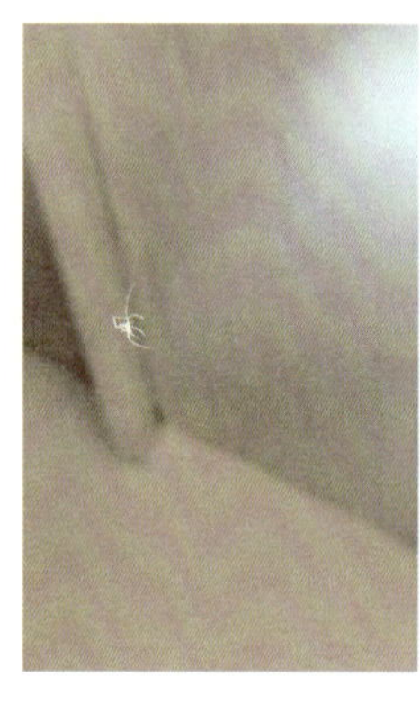

清晨，我推开工作室阁楼的天窗，一缕阳光洒到桌面上，书本一下子被染上了金黄色，房间里也随即暖和起来。

我翻开本子正想写点什么，一只比芝麻还要小的影子在笔记本的空白页面上若隐若现，隐约可见细细的脚爪在不停挥舞。我迎着光望去，原来是一只金色的小蜘蛛正从天窗慢慢地飘荡下来。在阳光的照射下，小蜘蛛通体透明，好看极了。

小蜘蛛胆子真的挺大，竟把我的笔记本当成平坦的降落地。但这个陌生的环境好像让它很迷茫，它先在白纸上用脚试探着，然后径直向本子的订口爬去，因为订口有一道缝隙，小蜘蛛似乎要钻进去。我忙把笔记本摊平，并用两手紧紧按住左右两边，害怕手一松，本子合上，这只小蜘蛛就会瞬间丧命。

小蜘蛛似乎觉得白白的本子很单调，抬起头静静地看着我，黑黑的眼睛实在太小，我凑近了都看不清到底有几只复眼。

早啊，小蜘蛛！

我在心里和小蜘蛛打了个招呼。

可小蜘蛛并不理我，而是爬到一摞书上，又转到显示器的背面，然后沿着显示器边缘一直攀爬到窗台上。我明白了它的意思，赶忙推开窗户，只见小蜘蛛在窗棂上吐了一些丝，纵身一跃，荡到窗外灿烂的阳光中。

初入世间的尺蠖（huò）

时间：
2010.04.15
地点：
枫杨树

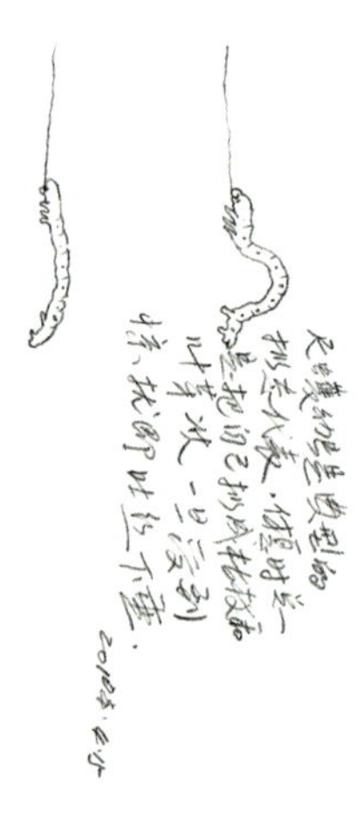

午饭后回书坊，迎面看见一只翠绿色的小尺蠖吊在眼前。小尺蠖或许是不久前刚刚钻出卵壳，突然受到了什么惊吓，要从枫杨树逃离。可树枝离地面太高，小尺蠖肚里的丝都吐出来也达不到地面，再回头向上攀爬又没了力气，只好不上不下地在半空中挣扎。

看到小尺蠖吊在丝上吃力地打着转，我伸出手把它接住，再将它转移到墙上。接触到墙面的小尺蠖，先是抬头左右张望，然后一拱一拱地向前挪步，很快从白色的墙壁行进到白色的窗框上。

一大片的白，一丝的绿，小尺蠖看起来特别显眼。于是它低下头竖起腰杆，本能地把自己扮成叶芽的模样，可是身底下一大片白墙，不管从什么角度看，这个小嫩芽还是很远就会被认出来是一条小虫。可能自己也觉得不安，小尺蠖赶忙去找地方躲藏。

窗户中间有条缝隙，我怕小尺蠖钻进去，说不定里面埋伏着壁虎或者蜘蛛呢，它们怎会轻易放过送到嘴边的午餐？我连忙伸出手指堵住它的去路，小尺蠖竟然毫不犹豫地爬到我的指尖上……

［尺蠖］蛾类的幼虫，身体细长，行动时一屈一伸，像个拱桥；休息时身体能斜向伸直，形似小枝或叶柄，以叶为食。

为尺蠖寻求庇护

时间：
2010.04.16
地点：
北草园

北草园里的杂草长得非常茂盛，野花开得也很带劲。我捧着小尺蠖来到菜园里，想找一僻静处安置。最好是有很多嫩叶，旁边没有蜘蛛，甚至连鸟也不敢来的地方。

在菜园的东北角，我看到一只毛虫。

这只毛虫的毛虽然很长，却很软，应该不是像刺蛾那样带毒的刺。毛虫是吃素的，我想它对尺蠖不会有兴趣。而且毛虫身上的花纹和带螯针的马蜂很相似，黄底黑条纹，是典型的警示色样，小鸟看到肯定会误认为是马蜂而不敢飞近的。我想把小尺蠖放在这只毛虫的身旁，这可能是最安全的地方。

在毛虫的左侧，一只小小的瓢虫正在它身边睡觉，难道它也是为了寻求毛虫的庇护？

小尺蠖被我放到菜叶上，和毛虫只有一叶之隔。一接触叶子，小尺蠖似乎闻到了熟悉的植物气息，于是一拱一拱地爬到叶子的上方，吃了几口，然后把自己扮成叶芽的模样。

尺蠖从小就知道，拟态能让自己融入周围的环境，是对自己最好的保护。只有这样，才能吃饱肚子，早一点变成飞蛾，自由飞翔。

看着绿芽一样的尺蠖，我突然觉得自己太过幼稚，其实每个小虫都有自己的生存之道，我又何必多此一举？

小蚁被枯枝砸伤了腰

时间：
2011.04.18
地点：
书坊前院

已经过了清明，气温却似蚂蚁的两只触角摇摆不定。一些树木好像很怕被这骗人的气温捉弄，迟迟不肯长出嫩芽来。

风依然刮得一阵紧似一阵，柳絮被吹到半空，远远看过去，仿佛是雪花在漫天飞舞。偶尔还会结成团飘落，滚动在青石板上，顷刻又被狂风刮走。

一大一小两只蚂蚁蹒跚地走在青石板上，它们好像刚刚从蚁巢里出来，一时还适应不了外面的气候。一个冬天都没出来活动，腿脚或许比夏天还要细一些。

两只蚂蚁在冰凉的石板上搜寻了半天，实在找不到什么能吃的东西，有点灰心丧气的样子。

就在两只蚂蚁一前一后往回走的时候，一根枯枝从头顶掉落，不偏不倚砸在小蚁的腰板上。小蚁着实吓得不轻，两腿发软，肚皮紧贴着石板地。这根枯枝比它的身体要长十倍，这从天而降的重量对于它的细腰来说，的确是一个致命的撞击。

小蚁被压在枯枝下动弹不得，腰似乎快要断成两截。大蚁赶了过来，先用触角试探了一下树枝，又和被压的小蚁互相触碰，好像安慰它不要慌张。只见大蚁咬住树枝，用力抬起，但被压住的小蚁根本不能移动自己的身体，大蚁只好叼住树枝，再向后慢慢推移，这样才把树枝挪开。

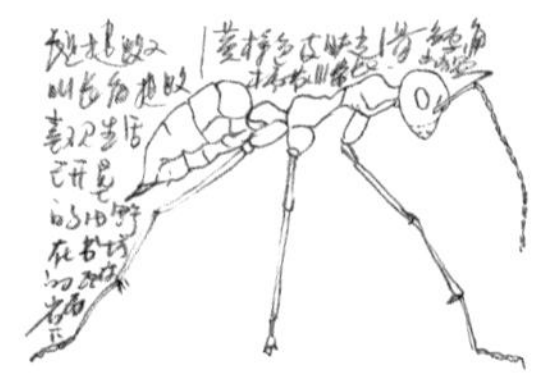

被砸的小蚁看来伤得不轻，已经无法站立。大蚁见状，轻轻叼起小蚁，踉跄着向蚁巢行进。

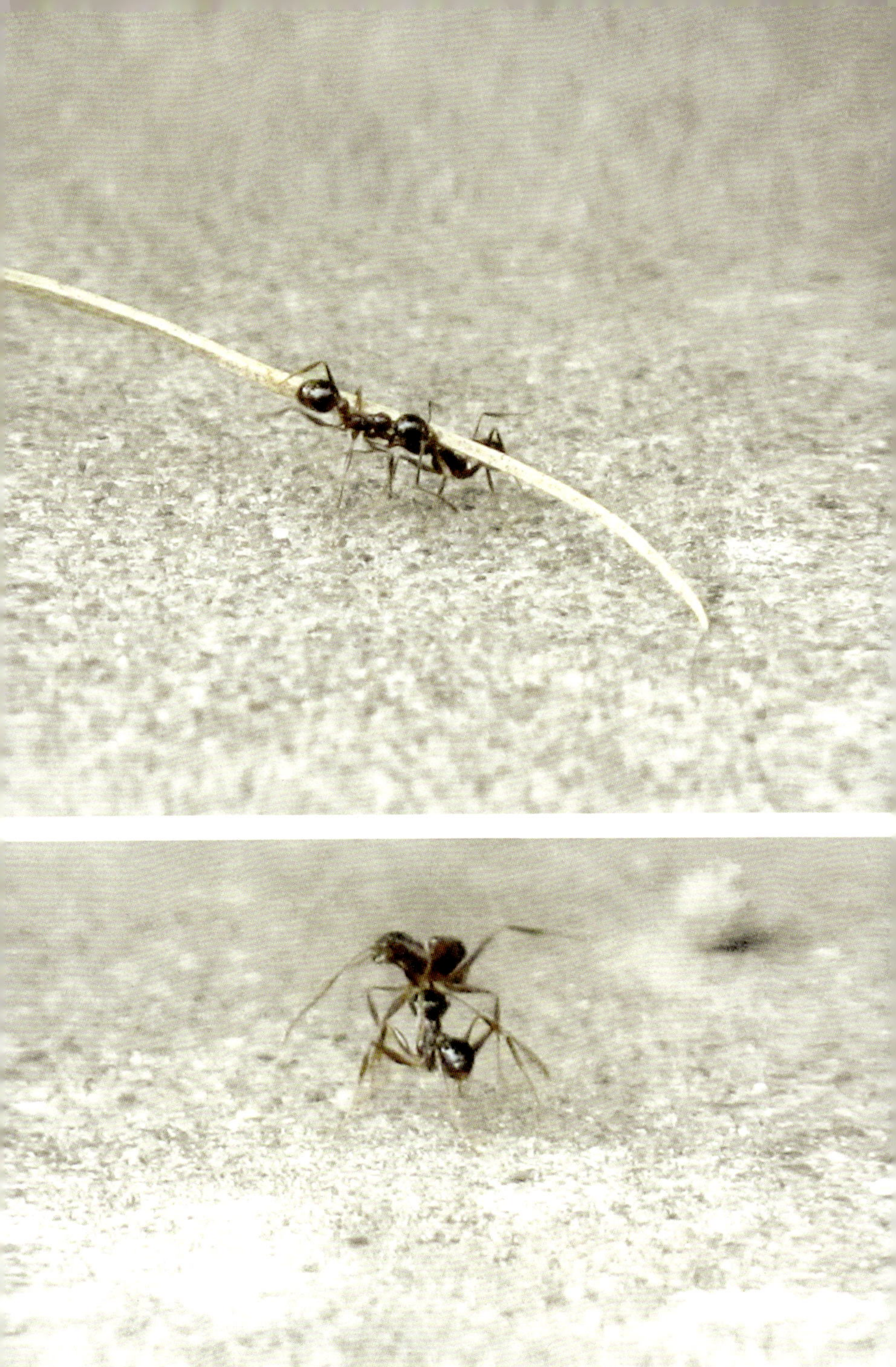

会移动的白色小花

时间：
2011.05.25
地点：
走廊篱笆墙

书坊的竹篱笆上，爬满了各种不知名的野生植物，我栽种的丝瓜、扁豆、葫芦等很难抢过它们的风头。

在野藤上，有一朵乳白色的小花正在绽放，可是这花又有点奇怪，没有完整的花瓣，而是呈一丝一缕的絮状，有点像随风飘来的柳絮。

我正想用手触摸，这朵花竟向上移动了一下，接着转向了野藤的背面。我忙把眼睛凑上去，这才看清楚：原来是一个很小的虫子，半透明的身体，像精雕细琢的微型玉蝉，白色的花冠原来是虫子的尾部，呈放射状展开，远看真的就像一朵盛开的白花。后来查了资料才知道，这是“昆虫小孔雀”——广翅蜡蝉的幼虫。

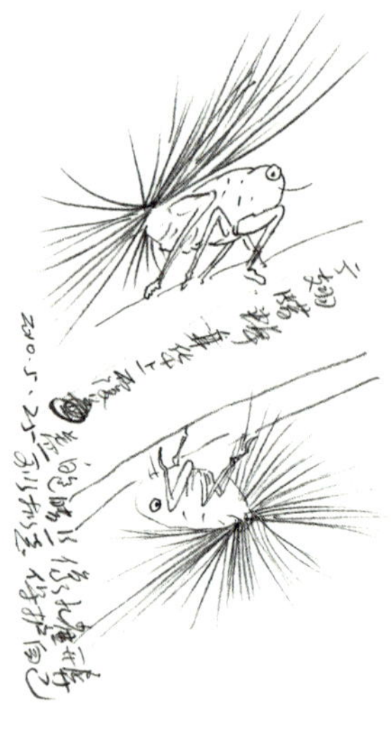

广翅蜡蝉用这样巧妙的方式隐蔽自己，恐怕人和鸟类都难以发现。它们从没见过自己的母亲，独自经历风雨，自主觅食，在受到各种天敌的侵害时只能靠自己去应对。

广翅蜡蝉的幼虫不是靠飞跃或装死来逃生，也不是用丑陋怪异的模样来恐吓天敌，而是选择这样一种优雅逼真的拟态服装来安全度过自己的童年，着实令人叹服。

| 广翅蜡蝉 | 若虫（不完全变态昆虫的幼虫称为若虫）尾部具有放射状蜡冠，犹如孔雀开屏。

虫子们的日光浴

时间：
2012.06.05
地点：
北草园

阳光和煦，一株不知名的植物茎秆上，四只虫子一边悠闲地散步，一边享受着日光浴。

身体翠绿色，腿细细长长的那只叫跷蝽；身体黑色，向下弯曲着鼻子的是象鼻虫；最右边那位身材瘦小探出脑袋的是沫蝉；而左下角，稍显肥胖的这只就是常见的甲虫了。

这些虫子们悠闲散步，偶尔碰头，礼貌相让，保持着彼此都很舒适的距离。

个头稍大的跷蝽，绅士一般。它那细长的腿优雅地抬起放下，慢悠悠地来回踱着步，好像是这里的主人，在招呼远道而来的客人。

绿色的茎秆上没有布网的蜘蛛，也没有挥舞大刀的螳螂，这么惬意的早晨，只有一帮心平气和的虫子，不争，不抢。

这里，就是它们幸福的当下。

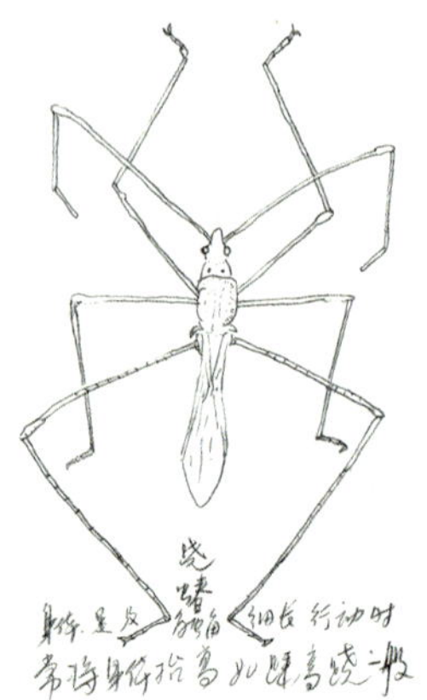

［跷蝽］体形脆弱纤细的长足昆虫。懒散，褐色，以植物为主要食物。

换新装的斑衣蜡蝉

时间：
2011.05.10
地点：
前院石阶

在书坊周围常见的虫子中，斑衣蜡蝉的衣服色彩可能是最好看的了。不管是若虫还是成虫，它的服饰图案总是以独特的斑点状呈现，这些圆形斑点也许是它一生的执着。

不同的年龄阶段，蜡蝉的斑衣色彩也有着明显的变化。低龄若虫的是黑底白色圆形斑点，末龄若虫则以红色打底，后背中间有三道黑色条纹，并饰以白色圆点，而成虫的变化就更大了。

斑衣蜡蝉内向而害羞，即使穿上再好看的衣服，也从不在光天化日下炫耀自己。大多数时候，它们都会在叶子深处安静而优雅地坐着。

清晨，我远远地看到石阶上有一个橙红色的小圆点在移动，走近蹲下细看，才明白是一只蜡蝉的成虫，刚褪了末龄的斑衣。柔嫩的身体，打着褶皱的翅膀，水分还没晾干。蜡蝉褪衣时都是在树上，而这一只为何会在石阶上？

这只成虫蜡蝉很明智，它没有一直待在石阶正面，而是很快地移到石阶的侧面，既能避免人脚的踩踏，捕食的小鸟也不易发现它。

一缕阳光照在蜡蝉柔嫩的身体上，褶皱的翅膀慢慢伸展开来。成虫的新衣颜色更好看了：前翅是外套，淡粉色底，配以黑色椭圆形斑点；后翅像是衬衣，基部大红色，也有黑色圆点，只有飞起来或警示天敌时才能看到。

斑衣蜡蝉待翅膀渐渐晾干，后腿用力一蹬，划过一道红色的弧线，没入台阶旁的草丛。

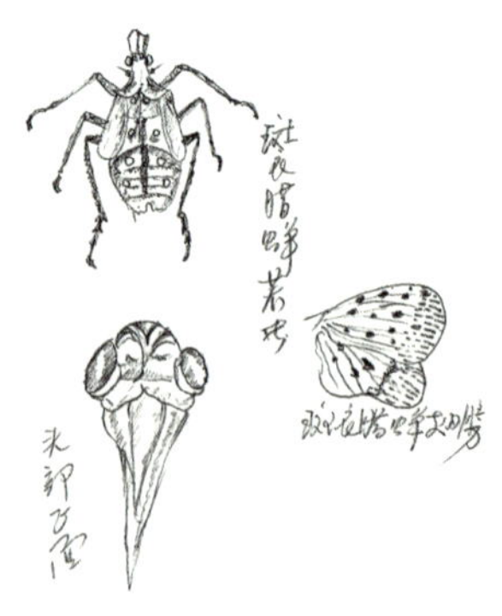

［斑衣蜡蝉］会跳跃，在多种植物上取食、活动，最喜臭椿。民间俗称"花姑娘"等。生长中体色变化很大。小若虫体黑色，并具小白点。大龄若虫通红的身体上有黑色和白色斑纹。成虫后翅基部红色。

晨光里的较量

时间：
2012.06.08
地点：
书坊前院

阳光透过枫杨树叶的缝隙，斑驳地洒在书坊的庭院里。

风和日丽，气温正好。

一只小弓背蚁早早地出了门，来到庭院，地面刚被清扫过，连一点面包屑都没看到。

小弓背有点失望，决定爬上河滩石察看——以前常会有没吃完的汉堡被人随手放在上面。

小弓背爬上石头的顶端，没费什么力气。

石头被太阳晒得暖暖的，小弓背惬意地伸伸腿摇摇触角，即使没有吃的，晒晒太阳也无妨。突然，小弓背感觉触角被什么东西粘住了。它赶忙挥舞右前肢，试图移开触角，却发现是要命的蜘蛛丝，不但触角没有移开，而且右前肢和触角被蛛丝粘在了一起。

蜘蛛发现有蚂蚁触到了它的蛛丝，但刚刚织了几根，还不足以网住整只蚂蚁，只能沿着丝向蚂蚁靠近。小弓背的触角被向下斜拉着，头也无法抬起，幸好被粘的只有一根触角和右前肢。

蜘蛛丝在渐渐收紧，小弓背被迫向前挪了半步。蜘蛛已经沿着丝向石头靠近，小弓背的触须似乎要被连根拔起。

蜘蛛越来越近，小弓背已经听到了蜘蛛的喘息。

只见小弓背迎着蜘蛛向前又迈了半步，突然向后用力，蜘蛛丝一下子断为两截。

小弓背扭头冲下了石头，一路狂奔，到了自己的蚁穴门口才停下来。待惊魂稍定，它用左前肢在额头上抚摸一下，还好，两根触角都在，只是一根有点皮外伤。

| 弓背蚁 | 俗称“木匠蚁”“木蚁”。大部分品种是黑色的，筑巢于潮湿的地方，喜欢挖掘已被水破坏的树木。

断翅的蝴蝶

时间：
2012.05.16
地点：
书坊前院

春天就快走到尽头，花儿也开得精疲力尽，一阵微风，花瓣纷纷凋落。

蝴蝶经历了化蛹、破茧、成蝶，走过一整个春天的绚烂，昔日与自己翩翩起舞的伴侣此刻已不知散落何方。

一阵疾雨迎面袭来，蝴蝶原已破碎的翅膀变得更加沉重，再难扇动起来。

蝴蝶穿过枫杨树跌落到长满青苔的石板上。

破损的翅膀碎片伴随着凋零的花瓣飘落身旁。

蝴蝶在石板上艰难地挪动身体，试图找一个僻静的地方躲藏。

一只性急的蚂蚁哪管蝴蝶的惊恐与挣扎，它已经在尝试着拖曳蝴蝶的翅膀了。

花深处

时间：
2014.05.29
地点：
展厅墙脚

金黄色的油菜花、粉红色的桃花、紫色的二月兰相继凋谢，书坊周围主要以单调的绿色为主了。

黄昏，一株野花在墙脚独自怒放，这株野花生命力极其顽强，长在石板缝里，缺肥少水，常遭踩踏。

暮春，百花凋零成泥时，这丛野花却突然发力。尤其那星星点点的小花瓣，粉里带紫，低调质朴，在大片白墙的衬托下，更显出其独特的气质。

蝴蝶循着花香翩翩而至，蜜蜂哼着歌开心忙碌，甚至连苍蝇也扑过来凑热闹，它们小心地避让蛛网，尽情地享受野花的芳香，连蚂蚁也忙着把家安在这香气四溢的地方。小小的一丛野花，一下子让墙脚充满了生机。

远远看过去，野花和小虫在白墙的映衬下，就像一幅宋人工笔草虫图画。

透过这丛野花，可以看到墙脚有几只壁虎，正悄悄地向花丛靠拢，它们盯着眼前飞来飞去的虫子们，咽着口水，虎视眈眈。

| 壁虎 | 爬行动物，身体扁平，四肢短，趾上有无数细小的刚毛构成“吸盘”，能在壁上爬行。吃蚊、蝇、蛾等小昆虫。旧称“守宫”，古代“五毒”之一。

螳臂前的椿象

时间：
2011.06.28
地点：
前院河滩石

我在前院的河滩石旁边栽了几棵爬墙虎，是想让这块不大的河滩石将来被密密麻麻的叶子遮住，这样刻在上面的“随园书坊”四个字样就能若隐若现了。

栽完爬墙虎，我远远端详，想象着爬墙虎爬满石头的样子。恍惚中，从石头的背面，竟探出一个小虫的头来，深灰色，脸微胖，短短的触角，原来是一只椿象。瓜子壳一样的身体，还镶了红边，样子很滑稽。我正想给椿象拍照，两根细长的触须从椿象身后探出来，倒三角形的脑袋，一双翠绿色的大眼睛，竟然是一只螳螂。这只螳螂不算很大，但挥舞着两只如大刀般的前肢，显得气势汹汹。

我心头一紧——难道一场螳螂捕椿象的惨剧就要上演？

当椿象发现身边的螳螂时，先是一怔，本能地向旁边挪动一下身体，却并没有落荒而逃。

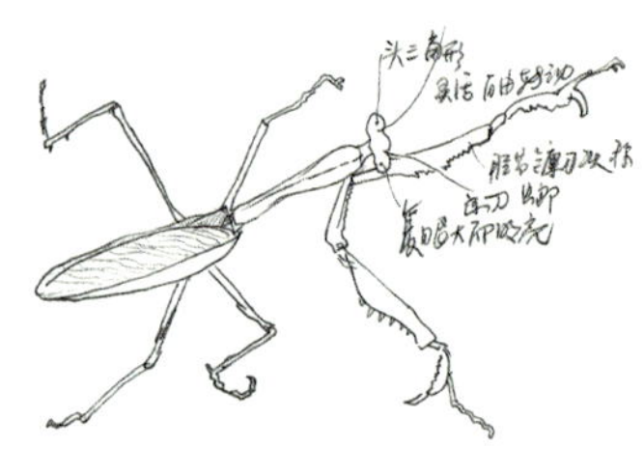

螳螂紧盯着椿象，一点也不着急，似乎在想先攻击椿象身体的哪个部位，反正这只小虫子早已是自己的“刀下之物”。

椿象也微微抬起身体，一对触角颤抖着，看着面前的螳螂悠悠地挥舞着“大刀”，看起来有点害怕的样子。难道它真的要束手就擒？

突然，椿象挥舞着前肢，冲向螳螂，疯狂地撕咬螳螂那还未来得及举起的“大刀”。螳螂被椿象的突袭惊得目瞪口呆，椿象又迅速转过身来撅起屁股，对着螳螂射出一股臭气。螳螂差点被熏倒，不但没有挥刀砍向这只发疯亡命的灰色小虫，反而收起了“大刀”，掉头而逃。

看着螳螂逃跑的身影，椿象当然没再去追赶，而是转过身用一副得胜者的姿态看着我。

[椿象] 有名的臭气专家，具有臭腺，遇危险便分泌臭液以逃生，俗称“放屁虫”等。

[螳螂] 呈镰刀形的前肢长而有力，还有非常锋利的尖刺，在捕食时能牢牢抓住猎物。强而有力的口器，能轻易咬破及咀嚼猎物。体形修长，通常是扁平。头部呈三角形，可自由转动。

天牛来访

时间：
2012.05.16
地点：
天井桌面

书坊的天井一直是小虫聚集的地方。

在天井西墙上，常看到散步的千足虫、熟睡的蜗牛。东墙檐口，住着庞大的蚂蚁家族。夏季暴雨来临前，总能看到蚂蚁们排着长队上下奔波，日夜忙碌。

一只天牛从天井上方的枫杨树上飞了下来，深赭色的身体，黑色斑纹，两肩凸起，像武士的盔甲，突起的额头有两只长长的触角，并能自由转动，远看很像美猴王头顶上的“雉鸡翎”。当它飞起来时，张开的翅膀，又好似深赭色的披风，威武异常。

这只天牛蛮横无理，竟肆无忌惮地飞到我的桌上来，尖利的爪子在桌上划过，伴随着胸腹板的摩擦，发出嘎吱嘎吱的声音，一副咬牙切齿的样子。

我起身让座，想看看这只天牛得寸进尺到何种地步。一只小蚂蚁沿着桌腿爬到桌面上，我伸出手指，想挡住小蚂蚁的去路，可小蚂蚁硬是绕开我手指，直奔天牛而去。

这样一来，我倒要看看这庞然大物遇到这小黑点，态度又会如何。

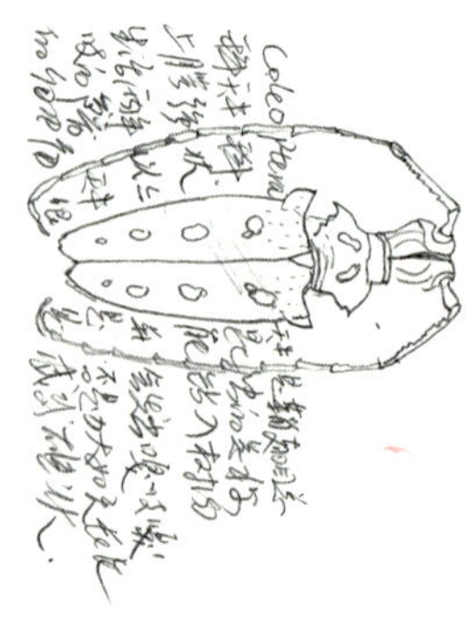

小蚂蚁浑然不觉眼前这个怪物有多可怕，照样用两个触角去触碰天牛。而这不速之客——天牛，并没有生气，也没一巴掌拍死小蚂蚁，而是歪着头打量这眼皮底下移动的小黑点，似乎只是好奇而已。天牛看着小蚂蚁，嘴里依然发出嘎吱嘎吱的声音，像是在大笑着。

原来，威武凶猛的天牛是个素食主义者。

一场虚惊。

抑郁的叶甲

时间：
2013.06.12
地点：
工作室阁楼

午后，我在菜园里散步，看到一株野山药，细嫩的藤，肥肥的叶子，绿绿的，很好看。叶子上还有一只叶甲，黄底黑斑的那种，看到我走近，并没有飞走。

我把野山药连根拔起，连同叶甲一起带回书坊。我拭去野山药叶子上的灰尘，准备用水培的方式养在花瓶里，叶甲依然一动不动地待在叶子上。

也许是透过天窗的阳光每天都能照射到屋里，野山药长势很好。

叶甲依然和在野外一样，呆呆地趴在叶子边缘，就是用小草棒轻拂也不肯动弹一下，更没有飞走的打算。这叶甲到底是自闭，还是抑郁了？

又过了几天，我在书坊的矮墙上遇到一只闲逛的小尺蠖，于是把它带回书坊放在叶甲的身旁。有虫陪伴，这样叶甲会不会觉得好过一点？尺蠖来到叶子上，好像很兴奋，弓着身子爬来爬去，还不时地用脑袋蹭一下叶甲，可叶甲依然很冷淡，一点不想和它玩耍，就连那黄色的甲壳也渐渐失去光泽。我想这只叶甲大概无药可救了，准备明天一早就把它放归菜园。

早上，我推开门，却看到了温馨的一幕。

太阳透过天窗照在野山药碧绿的叶子上，叶甲终于挪动了位置，和尺蠖头挨着头，正惬意地晒着太阳。

叶甲黄底黑斑的壳在阳光的照耀下显得格外光滑而明亮。

［叶甲］甲虫，圆形，足短，触角长约为体长的一半，主要以谷物和观赏植物为食。

洪水来袭

时间：
2014.05.20
地点：
展厅墙脚

马路边的消防栓被撞坏了，水沿着墙脚迅速漫溢过来。虫子们争相夺路而逃。

松毛虫肥嘟嘟而毛茸茸的身体一下子被水浸透，变得越发沉重，寸步难行。

西瓜虫慌乱中爬到一片落叶上逃生。

昼伏夜出的小蜈蚣正在熟睡，洪水把它从美梦中惊醒。受伤的虎甲原本就无精打采，眼一睁，已置身洪水中，只好一瘸一拐地逃命。

一队蚂蚁正在有条不紊地搬家。蚂蚁们通过预测知道明天会有大暴雨来临，而且它们会有足够的时间把新家搬往另一处高地，却对身旁汹涌而来的洪水一无所知。

蚂蚁的搬家队伍浩浩荡荡。它们分工明确，行进有序。有的扛着谷物，有的抱着卵，有的嘴里衔着更大一点的蚂蚁幼虫。

水势越来越猛。

小蜈蚣和虎甲被水流追赶得气喘吁吁。

可蚂蚁的队伍犹如一条黑色的河流横在眼前。

小蜈蚣停住了脚步，似乎想等蚂蚁全部通过，可蚂蚁的队伍不见首尾，好像永远没有尽头。

虎甲也跌跌撞撞而来，本想借着自己的翅膀和弹跳力跃过蚂蚁队伍，可前几日翅膀和后腿都受了伤。

搬家队伍中突然冲出几只蚂蚁，各自堵在蜈蚣和虎甲的面前，它们可不想让人扰乱自己正常行进的队伍。虎甲被两只凶猛的蚂蚁逼得直往后退缩。

蜈蚣和虎甲只好沿着蚂蚁搬家的方向继续仓皇逃命。

洪水很快漫溢过来。

蚂蚁们还在来回穿梭着。

很快，水流吞没了这支浩浩荡荡的队伍。

[虎甲] 头较大，肉食性，白天活动，常在山路或沙地上活动，能低飞捕食小虫。它一秒可以跳到自己体长171倍远的地点。虎甲总是距行人前面三五米，头朝行人；当行人向它走近时，它又低飞后退，仍头朝行人，好像在戏弄人们。因它总是挡在行人前面，故有“拦路虎”和“引路虫”之称。

等待日出的小蜗牛

时间：
2010.06.28
地点：
北草园

小蜗牛渐渐长大，它不愿像其他老蜗牛一样，总是待在墙脚和烂菜帮子上，一辈子不敢抬头见阳光。

小蜗牛摸索了一个晚上，总算爬到菜园里最高的叶子上，它就是想看看日出，看看日落。

可今天是阴天，太阳一直不肯露脸，小蜗牛依然很有耐心地等待着。

中午了，一只绿头苍蝇从头顶飞过。小蜗牛竖起两只长长的触角，紧盯着苍蝇飞翔的身影，直到它消失在空中。

小蜗牛感到非常新奇，无比羡慕。

小蜗牛很笃定这就是传说中鸟的模样。

傍晚了，小蜗牛还是没看到太阳。

但它一点不后悔，今天，它亲眼看到了一只“大鸟”的飞翔。

十字凹槽里的苍蝇

时间：
2011.07.10
地点：
北草园

天气闷热，远方传来滚滚雷声，我从南大楼和北草园间一条狭窄的便道走过，想抄近路去书坊。这条路并不好走，沿途还堆放着很多垃圾。

老远就听到苍蝇嗡嗡的声音，我迈开大步，想快速跨过垃圾堆和恼人的苍蝇群。

突然，我感觉到脚底下有些轻微的异样，抬脚一看，原来踩到了绿头苍蝇，很肥很肥的一只。

这只苍蝇趴在地上一动不动，两翅无力地打开，我想它肯定已经一命呜呼了。

我蹲下来看，惊讶地发现，苍蝇的腿还在轻轻地抽搐着，接着竟然挪动起来，还歪歪倒倒地挣扎着爬向路边的草丛。

原来，苍蝇趴在砖头中间的凹槽里觅食，当我的鞋底踩踏上去时，是十字形凹槽救了它。

搁浅的花瓣船

时间：
2012.06.20
地点：
前院马路

一片玉兰花瓣凋落在路旁，花瓣被太阳晒得弯曲，两头翘起，就像一只搁浅的小船。

一场大雨过后，气温很快又回升，马路上的水分在迅速蒸发。

花瓣船里积了些雨水。

一只口渴的小蚁费力攀上船沿。

小蚁欣喜地发现花瓣船里的雨水，迫切地用触须试探着水面。或许它还没学会游泳，好害怕掉进水里，小蚁小心地绕了水边一周，终究没敢喝一口水。

一只苍蝇飞了过来，稳稳地降落在花瓣船里的水边，它收起翅膀，一边大口大口地喝水，间或满足地吟唱。

小蚁见状，迅速离开。

它要赶快去告诉同伴们，花瓣船里有水可以喝。

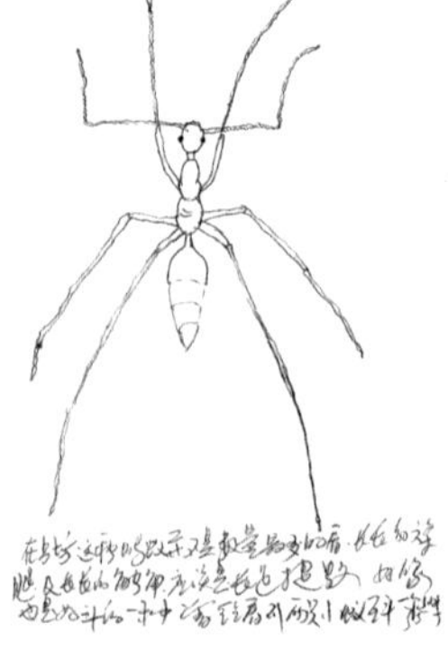

烟管蜗牛的午觉

时间：
2010.08.10
地点：
展厅北墙

天气异常闷热，烟管蜗牛已经一个星期不吃不喝了。

它需要夏眠，不下雨绝对不能出来，否则炽热的阳光会晒伤它柔嫩的身体。

可这个夏眠注定质量不高，因为它睡在了别人的交通要道上。

珀蝽走累了，趴在烟管蜗牛的身上休息，还用脚趾不停地挠它的气孔。

绿背蜘蛛赶跑了珀蝽，试着想搬走烟管蜗牛的身体，但烟管蜗牛像钉子一样牢牢地钉在墙上，绿背蜘蛛只好无奈地走开。

温室希蛛，也看好了这块地方，它想在烟管蜗牛的身体和墙壁之间织网，可织出来的网太小，根本网不到什么。只好放弃此地，另找树枝。

尺蠖爬到烟管蜗牛的身上，先丈量了一下，发现烟管蜗牛竟然和自己的身体一样长，于是就伏在它身上进入了梦乡。

这个夏天真郁闷，烟管蜗牛不断地被骚扰，没有睡过一天好觉。

| 烟管蜗牛 | 烟管状，颜色和长短各异，一般为白色至淡紫或淡褐色。

墙缝里的小爪子

时间：
2012.06.09
地点：
展厅前门

一只蚰蜒正优哉游哉地顺着墙壁往上爬行，我盯着看它要去往哪里。

忽然，从墙缝中伸出一只小爪子。

我忙凑过去，可能是因为我的喘息声，小爪子又缩进了墙缝里。

我立在墙边屏住呼吸一动不动，那小爪子又慢慢地伸出来，接着头也伸了出来，原来是一只小蜥蜴。

小蜥蜴的眼睛紧紧盯着蚰蜒，好像并未看到我。

我知道蜥蜴的舌头是很长的。我在等着那个瞬间——就像电视里放的——蜥蜴转动灵活的眼睛，射出长长的舌头，准确地把猎物卷进嘴里。可蜥蜴打量着眼前的“午餐”：暗绿色的头，数不清的腿，身上还有红色的斑点，它犹豫着。

而蚰蜒竟然嘚瑟起来，扭动着腰肢，绕着圈折返，对着小蜥蜴不断摆动着两只长长的触须。

小蜥蜴后退了一下，终究没敢下口，接着悄悄地缩回墙缝，半天也不敢伸出小爪子。

蚰蜒见小蜥蜴不再有动静，扭回了身子，继续优哉游哉地挥腿向屋檐爬去。

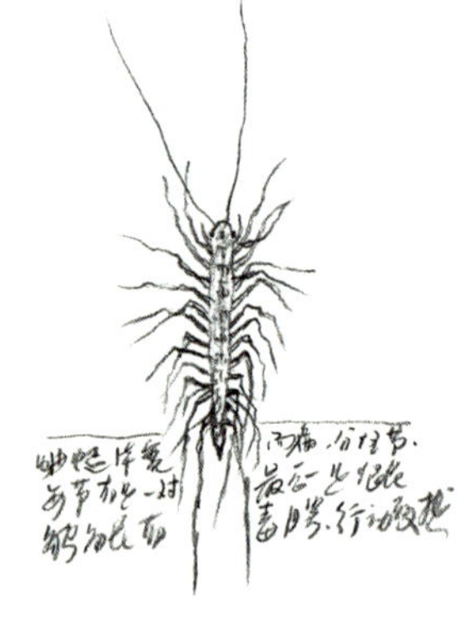

[蚰蜒] 像蜈蚣但身形略小，体色黄褐，有15对细长的脚。喜阴湿地方，捕食小虫，有益农事。俗称“钱串子”，又名“地蜈蚣”。

千足亦无用

时间：
2012.07.05
地点：
走廊木地板

阳光辣得很，千足虫被卡在木板缝隙中间，有气无力，退不回，进不得，此刻纵使有一千条腿也派不上用场。

寄生蝇飞了过来。千足虫还在努力挣扎呢，寄生蝇前后左右仔细端详着这只痛苦的千足虫，似乎想找个合适的部位把它的卵刺进千足虫的体内，将来它孩子一出生就不会挨饿了。

蚂蚁则在旁一言不发，思忖着要不要喊一些同伴来围观。

陆生节肢动物，体形圆桶形，头上有一对细短的触角，躯干由许多体节构成，每节有两对足，随着蜕皮次数增多体节增加，受惊时会蜷缩一团，保持静止不动，体节间有臭腺，气味难闻。

[寄生蝇] 幼虫专门寄生在其他昆虫体内，因而得名。成虫除舐吸植物的花蜜外，蚜虫、介壳虫，或植物茎、叶所分泌的含糖物质都是它们喜好的食物。

[千足虫] 脚足约300对，能喷出有刺激性气味的液体。身体黝黑光亮，部分种类遇袭击即扭转成螺旋形假死片刻。

蜘蛛家的遮阳棚

时间：
2014.08.15
地点：
展厅北墙

蜘蛛妈妈的负担真的不轻啊！它每天同时要照应三只卵袋。

蜘蛛的卵袋非常别致，远看像一个桃核，上小下大，又像倒置的小气球悬挂在墙上。蜘蛛的丝虽然也是白色的，卵袋却一点不像蚕茧那样由一层层白色的丝缠绕而成，而是像羊皮质地，还布满细小的褶皱，看起来非常结实。蜘蛛的卵袋是防水的，即使遭遇风雨也无大碍。卵袋内壁蓬松柔软，如天鹅绒一般，起到防寒保暖的作用。

小蜘蛛在这样温暖舒适的卵袋里诞生，真的要比其他小虫幸运得多。

接下来的几天里，蜘蛛妈妈的任务将更加繁重。因为有一只卵袋里的小蜘蛛已经迫不及待想来到外面的世界了。小蜘蛛把卵袋咬破，一下子涌了出来，总共有一百多只。刚出卵袋的小蜘蛛还不敢离开妈妈，只能聚集在卵袋附近。

外面可不像卵袋里那样安全，不但有捕食蜘蛛的壁虎，还有反复无常的天气。尤其是最近几天，刚刚还日照晴空，转眼就风雨交加，弱小的蜘蛛们一时还抵挡不了这些。

蜘蛛妈妈忙碌起来了，它先在破了的卵袋周围织了一层保护网，既可以不让小蜘蛛乱跑，还能把入侵者阻挡在外。

蜘蛛妈妈又到卵袋的上方，在墙角吐了一些乱丝。我正纳闷着，一片枫杨树的叶子飘落了下来，正好被凌乱的蛛丝拦住，并和墙面呈直角，于是这片叶子在卵袋上方自然就变成了一个遮阳棚。

这样，刚出卵壳的小蜘蛛不但可以在遮阳棚下乘凉，还能避免被雨水淋湿了身体。

昨夜的萤火

时间：
2014.06.08
地点：
走廊篱笆墙

暴雨终于停了，关了灯，我打开书坊的院门，四周漆黑一片。

我站在门口，想让眼睛适应一下外面的黑暗。

恍惚中，一点萤火飘然而至，在漆黑的夜空点亮了我的双眼。

不知是哪只虫子先起了个头，周围的虫子也就跟着此起彼伏地鸣唱起来。

萤火虫的身影随着虫鸣高低起伏，忽而隐入树梢，忽而落在窗台，仿佛在和着虫鸣的节拍起舞。

我还是第一次看到萤火虫光临书坊。夜空下萤火闪烁，虫鸣瑟瑟，书坊渐渐沉入神秘美妙的温柔梦乡……

早晨，在书坊的窗户旁，我看到一只萤火虫，吊在蛛网上，已经不见动弹。而在窗台上，有一只蜗牛壳，空空的。莫非，在昨晚美妙温柔的夜色下，蜗牛变成了萤火虫的美味？可是萤火虫只有在幼虫时才会捕食蜗牛，难道是童年的记忆又勾起了萤火虫成虫的食欲和回忆？而天还没亮时，沉浸在回忆中的萤火虫一头撞进了蛛网，给蜘蛛当了早餐？

[萤火虫] 身形扁平细长，腹部末端有发光器，能发黄绿色光，因此称为萤火虫。多在夜间活动。属于肉食性，捕捉蜗牛等软体动物后，会先将其麻醉，再将消化液注入其身体，将其肉分解，再食入自己体内。喜栖于潮湿温暖、草木繁盛的地方。

黎明前的蝉

时间：
2010.08.13
地点：
前院墙脚

雨后的早晨，书坊围墙边上，仰躺着一只蝉的尸体。娇嫩的黄绿色，六肢紧抱在胸前，没有完全张开的翅膀，被雨水和泥沙粘在路面上，旁边是一只破损的蝉蜕。

这只蝉一定是昨天夜里刚钻出地面的。它在黑暗的地底下度过了至少三年的幼虫时期，只为了几十天的光明。

土的表面覆盖了一层水泥砂浆。幼蝉一定费尽周折，钻土、凿洞才来到地面的。

出土的幼蝉必须马上找到树，便于出壳后可以倒挂，让翅膀顺利晾干，变硬，并有足够的空间伸展。而且不能有一点惊动干扰，否则翅膀将终生畸形，更谈不上飞翔。

可这只刚钻出地面的幼蝉周围，没有树，只有墙。

幼蝉只好在光滑的墙体上试着攀爬，可反复几次都不能成功。时间到了，蝉只好就地蜕变了，虽然这比在树上要艰难得多。

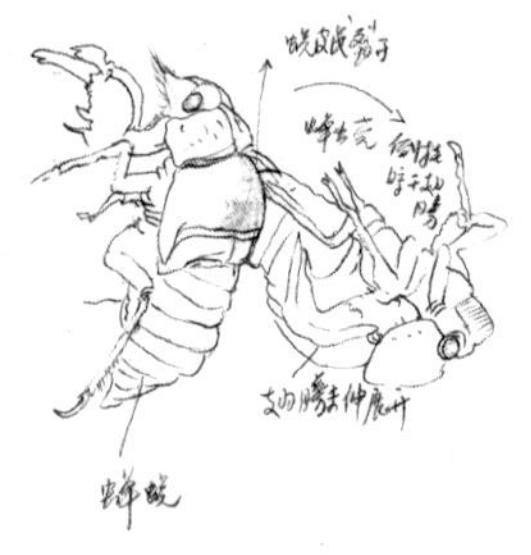

幼蝉伏在墙根，头顶至后胸背中间，蜕皮线在慢慢裂开，柔软的身体从裂缝艰难地往外挤出。羽化的蝉终于出得壳来，它颤巍巍地伏在蜕上，身体还是嫩绿色，接着它要小心翼翼地伸展开打着褶皱的翅膀。

一道闪电，一声炸雷，瓢泼大雨浇灌下来。雨水和溅起的泥沙将蝉整个打翻，无助的蝉仰面朝天。

雨滴如利箭一样射向娇嫩的蝉，蝉的六肢在空中绝望地挥舞着。雨越下越大，蝉渐渐不再挣扎，只有空空的蝉蜕还紧紧地抓着地面。

固执的苍蝇

时间：
2011.09.06
地点：
展厅玻璃窗

已经好几天了，我每次从木板路走过，总能透过窗玻璃看到里面的那只苍蝇。

如果贴近玻璃，便能很清楚地看到这只苍蝇的正面：头上有一对灰黑色的触角，两只红色复眼，圆润饱满，舐吸式口器伸缩自如，胸部有黑色纵纹并布满纤毛。我在窗外敲击玻璃，苍蝇会马上飞离，绕一圈，又继续飞回，照样固执地回到玻璃上爬来爬去。

展厅的窗户分两个部分：下面四分之三是一整块玻璃，没办法打开；上面的四分之一，是一个摇头窗。我亦曾推开上面的窗户，并用鸡毛掸驱赶苍蝇，想让它看到上面还有个出路。

可这只苍蝇只肯固执地盯着下半部这块整面玻璃，或许它死活不肯相信，这么强的光线，难道就找不到一点缝隙？窗外的那只蚂蚁不是明明在眼前自由地爬来爬去？

有时，我那淘气的小白猫跑过来蹲在窗台上，两眼紧盯着上下飞舞的苍蝇，还不时跳起来，用小爪子去拍打，苍蝇亦不得不增加飞行高度。这对于几天没吃没喝的苍蝇来说，无疑消耗了更多的体力。当小猫玩腻了离开时，苍蝇又会停在窗台上，筋疲力尽地看着窗外。

周末下班时，我没有关闭上面的窗户，想留待苍蝇自己来发现这一条出路。

周一的早上，我走过木板路时，在窗户玻璃上终于不见苍蝇的身影。我想这只苍蝇终于找到了出路。

隔了一天，打扫卫生时，我看到一只苍蝇的尸体躺在窗台上，红色的复眼也褪了色。

圆桌盛宴

时间：
2012.06.27
地点：
前院马路

正午，水泥路面被太阳晒得灰白，清洁工扫得很干净，甚至看不到一片树叶、一粒草籽。

蚂蚁们寻寻觅觅，忙了半天，一无所获。

眼看着太阳西下，室外的气温渐渐转凉。

蚂蚁们的动作越来越迟钝——难道今天非但没有收获，自己还要空着肚子回巢？

啪——

一团黏糊糊的鸟粪从天而降，几只蚂蚁被砸中了，不幸丧生。

其他的蚂蚁吓得魂飞魄散，四处逃窜。

沉静片刻，见不再有危险，一只只蚂蚁又回头来看个究竟。

蚂蚁们小心地靠近那致命的一摊黏糊糊的东西，伸出触角谨慎探寻，却发现这竟然是可以食用的，似乎还有草莓种子的气息，只是扛不动，拖不走，它们只好就地解决。

蚂蚁们兴奋地围着鸟粪，开始了热闹的圆桌盛宴。

一只小蚂蚁跑回去通风报信：今晚有一批同伴不回来就餐。

孤胆小蚁

时间：
2013.05.20
地点：
天井西墙

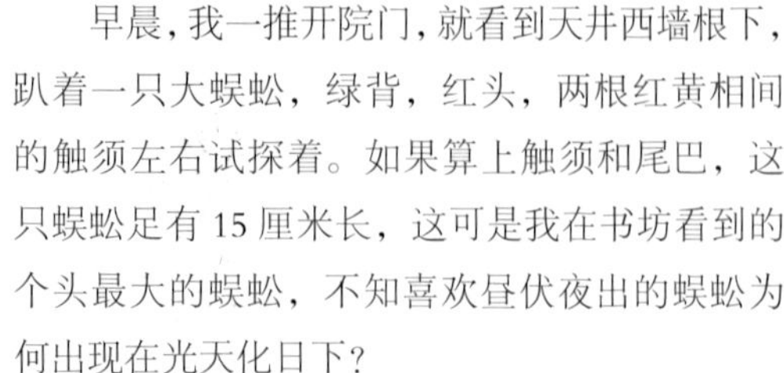

早晨，我一推开院门，就看到天井西墙根下，趴着一只大蜈蚣，绿背，红头，两根红黄相间的触须左右试探着。如果算上触须和尾巴，这只蜈蚣足有15厘米长，这可是我在书坊看到的个头最大的蜈蚣，不知喜欢昼伏夜出的蜈蚣为何出现在光天化日下？

因为穿着拖鞋，我远远地站着不敢近前，真害怕被它咬上一口。

我找了根树枝，轻轻地碰了一下，大蜈蚣动了起来，两边的足交替运动，十分协调。因为是墙脚，地下又找不着缝隙可钻，大蜈蚣只好顺着墙慢慢往上爬行。不知是自恃威武，还是身体过重，大蜈蚣的行动并不敏捷，爬到半人高度，竟然停了下来。

我平静了一下心情，已经不像刚才那么紧张了。换了鞋，移步近前，想看得更仔细一点。

一只初生的小蚁莽撞而来，小蚁的触角碰到大蜈蚣的前肢，马上绕开，但很快又折了回来，接着又触碰了一下大蜈蚣的触角。

大蜈蚣似乎有所感觉，身体开始向前移动。本想小蚁会敬而远之，谁料小蚁兜了一圈，不肯罢休，又靠近大蜈蚣的身体，瞅准大蜈蚣左侧倒数第七条腿一口死死咬定。

大蜈蚣感觉到疼痛，身体扭动起来，可幅度太大又怕从墙上跌落下来，而它的螯牙根本够不着小小蚂蚁。大蜈蚣没有半点办法，只能忍痛继续向前爬行。小蚁丝毫没有松口的样子，随着大蜈蚣的身体被拖近屋檐。

我目送着大蜈蚣的背影，真替小蚁捏把汗。

或许小蚁已经在路上释放了信息素，马上就会有大批大批的兄弟来援。

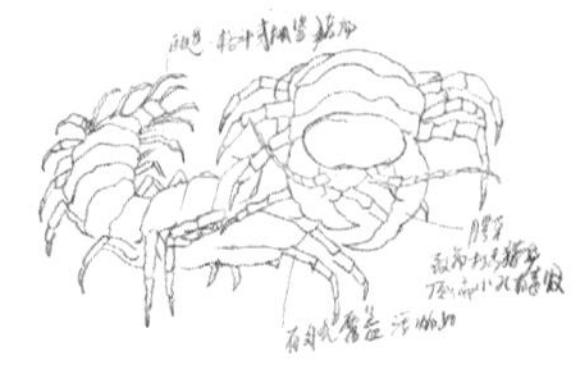

本页图片可能引起您的不适，请谨慎打开！

qū sōu

蠼螋与蚂蚁的逃亡

时间：

2013.08.20

地点：

小菜园

菜园里的土似乎要被烈日烤焦，蔬菜的叶子蔫头耷脑。我提了几大桶水猛浇菜园。

一只蠼螋抱着卵从地下钻了出来，尾部高举的双铗一张一合，不知是惊恐慌张还是向我抗议示威。

接着一只蚂蚁不知从哪里跌跌撞撞而来，口中叼着幼虫，急着寻找干燥的地方。

蠼螋是具有高度母爱的虫子，它常常趴在自己的卵上孵化，并会把每一只卵都擦拭得很干净以避免细菌污染。待幼虫出壳后，蠼螋还会捉一些小虫到巢里喂食自己的孩子。

水灾突发，蠼螋妈妈措手不及，看着辛勤抚育的虫卵难舍难分，最后只能抱着一只卵仓皇出逃。

地下庞大的蚂蚁宫殿可能已经被突如其来的洪水搅得乱成一锅粥。洪水淹没了蚂蚁们的信息素，蚂蚁们彼此失去联络，只能各自寻找出口撤离。

而这只蚂蚁在出逃时，也没忘了带上一个幼小的同伴。这是本能也是职责。

蚂蚁用嘴叼着幼蚁，幼蚁养得很胖，要搬动它，一定得花不小的力气。

蠼螋、小蚁，在烈日下逃亡，各自带着各自的希望。

看着蠼螋和小蚁孤独的逃离身影，我真希望它们以后找的新家，在离人类远一点的地方。

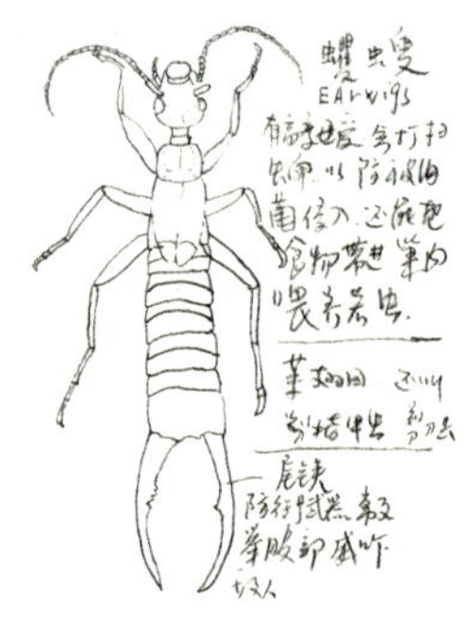

[蠼螋] 又称“夹板虫”或“剪刀虫”等，体长1厘米到5厘米不等，翅膀完全张开时像人的耳朵。一种杂食性昆虫，盛产于热带和亚热带。喜好狭窄的空间和潮湿阴暗的环境，常生活在树皮缝隙、枯朽腐木中或落叶堆下。

懒惰的刺蛾，要面子的鼻涕虫

时间：
2012.07.06
地点：
后院墙壁

看来刺蛾是真的吃多了，身体比前几天明显胖了许多。它趴在墙上，动都懒得动一下。

鼻涕虫昨天可能也吃了一夜，撑得够呛，走起路来，鼓鼓囊囊的肚子成了负担，现在该找个阴凉的地方休息一下了。

可是刺蛾懒懒地横在鼻涕虫面前，没有半点挪动的意思，而鼻涕虫也是懒得绕路的。

鼻涕虫用触角试探着碰了一下刺蛾，想提醒它挪个地方让条道。

谁知鼻涕虫的触角刚一接触刺蛾，马上缩短了一截。鼻涕虫不知道，刺蛾的刺不但坚硬还是有毒的。

刺蛾连眼睛也懒得睁开，继续酣睡。

僵持了一会儿，鼻涕虫鼓足勇气，赤身裸体地从刺蛾的身体上爬了过去。

可能是刺得深，辣得痛，鼻涕虫整个身体蜷缩成一团，好半天都不能舒展开来。

但鼻涕虫毕竟没有绕路，好歹面子没丢。

[鼻涕虫]即蛞蝓，又称"水蜒蚰"，俗称"鼻涕虫"。是一种软体动物，雌雄同体。外表看起来像没壳的蜗牛，体表湿润有黏液。

[刺蛾]体色鲜艳，附肢上密布褐色刺毛，像乱蓬蓬的头发。结茧时将附肢伸出茧外，用以保护和伪装。受惊扰时会用有毒刺毛蜇人，并引起皮疹。

月光下的蜗牛

时间：
2010.07.05
地点：
前院河滩石

天色渐渐暗下去，月亮悄悄升起来。

在前院河滩石上，两根微型电视机天线一样的东西在石头后面缓缓前移。那是一只成年蜗牛在漫步。

蜗牛的两只触角左右摇晃着。触角后面，是螺旋形的蜗牛壳，壳的边缘还装饰着深赭色的花纹，在月光的映照下显得格外精致。

一只刚出生不久的小蜗牛，正坐在妈妈的背上打着瞌睡。

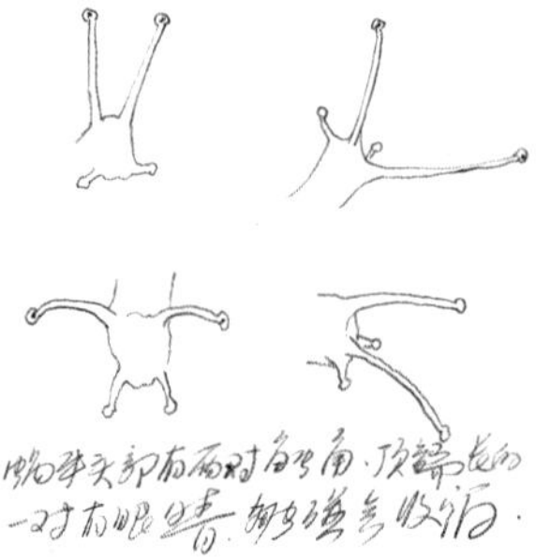

蜗牛头部有两对触角．顶端长的一对有眼睛．都可随意收缩．

翻来翻去的西瓜虫

时间：
2011.06.10
地点：
书坊后院

无风的下午，西瓜虫爬到矮墙上，急切地向异性示好，却一不小心摔到了地上，幸亏有了够硬的壳，才没有伤到腰。

但仰面朝天却让它吃尽了苦头。地面非常光滑，没有一点抓手，西瓜虫扑腾着手脚，一会儿缩成球，一会儿伸展成梭，可就是不能翻转过身来。

翻来翻去，西瓜虫总是在原地打着转。

如果没有同类来帮助，哪怕能借一点风力也好。可周围的树叶、草尖纹丝不动。

西瓜虫努力地翻来翻去翻去翻来……

天色渐渐暗下来，西瓜虫还是翻不过身，依然没有风，也没有同类来帮忙。

一只回巢的蚂蚁急匆匆地路过，西瓜虫马上抱紧手脚，屏住呼吸。装死，是它的逃生秘诀。

蚂蚁在西瓜虫身边停下脚步，尝试着拖曳它的身体，西瓜虫内心慌乱却仍然不动声色。沉静了片刻，又来了十只蚂蚁把西瓜虫团团围住，西瓜虫依然一副死相，等着这些蚂蚁失望而离开。

谁知蚂蚁们七手八脚，把西瓜虫抬起。西瓜虫这时才慌了手脚，一路挣扎，可身体已被十几只蚂蚁牢牢控制住，转眼间，已经被抬上墙壁。

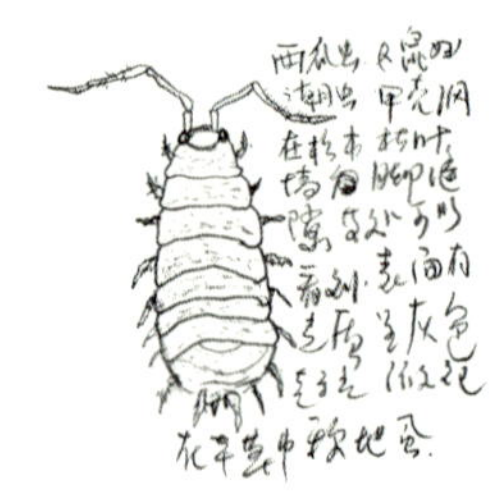

眼看蚂蚁们抬着西瓜虫靠近屋檐。西瓜虫一路拼命地挣扎，突然，西瓜虫脱离了墙壁荡向半空，原来是撞上了温室希蛛的蛛网。蚂蚁们一哄而散，有几只还被重重地摔到地下，它们可不想为了一只西瓜虫被蜘蛛集体俘虏。

西瓜虫再次停止挣扎，赶紧把自己的身体紧紧地蜷缩成一个圆圆的“西瓜”。

温室希蛛满意地盯着眼前的猎物，可西瓜虫坚硬如盔甲一般的壳却让它无从下口。西瓜虫依然保持西瓜的模样，不让温室希蛛有半点可乘之机。

温室希蛛也不着急，只是静静守候在西瓜虫的身旁。它要耐心地等待西瓜虫失去最后一点力气。

[西瓜虫] 即鼠妇，又称为“潮虫”“药丸虫”或“不倒翁虫”。多在阴暗潮湿的墙脚或石头、土块下活动，以晚上和清晨时活动最盛，阴天也出来活动。受惊后立即蜷缩成西瓜状。

汪洋中的小蚁

时间：
2010.08.06
地点：
前院马路

昨夜刚下了一场暴雨，早上很快又炎热起来。

小蚁正在发烫的水泥路面寻觅着食物，它要踮起脚走路，身下的热量似乎要将它烤熟。

一辆汽车呼啸而过，车轮碾过小蚁身旁的水洼，顷刻间，小蚁置身于汪洋之中。

小蚁挥动着六肢拼命挣扎，喝了好多口水，差点被呛死，扑腾了半天，总算踉跄着爬上岸。

小蚁永远弄不明白，怎么眨眼的工夫，水火两重天。

骑金龟子的蜗牛

时间：
2014.07.01
地点：
青砖矮墙

刚刚下了一场雨，空气清新了许多。

金龟子的壳被雨水冲洗得很干净，它趴在矮墙上一动不动，在看红蜘蛛织网。

蜗牛们在壳里憋了好久，迫不及待地出来散步。路上，墙上，树上，到处都可见到它们的身影。

一只蜗牛的尾部因被人踩踏而受伤，幸亏壳没破，只是非常疼痛，行动变得迟缓。

几只蚂蚁尾随而来，蜗牛艰难地爬上路边的矮墙。

蚂蚁紧追不舍，蜗牛艰难前移。

金龟子庞大的身躯挡在蜗牛面前。蜗牛索性爬到金龟子的背上，这样，或许能暂时躲避蚂蚁的袭击。

正在休息的金龟子感觉到有人爬上了自己的背，火冒三丈，急切地想甩掉背上这个无礼的家伙。

突然，金龟子迈开脚步向前狂奔，红蜘蛛的网被撞得支离破碎，蜗牛却牢牢地钉在金龟子的背上，就像骑着一匹受惊的野马。

看着金龟子驮着蜗牛远去的身影，蚂蚁们望尘莫及，无奈地摇头叹息。

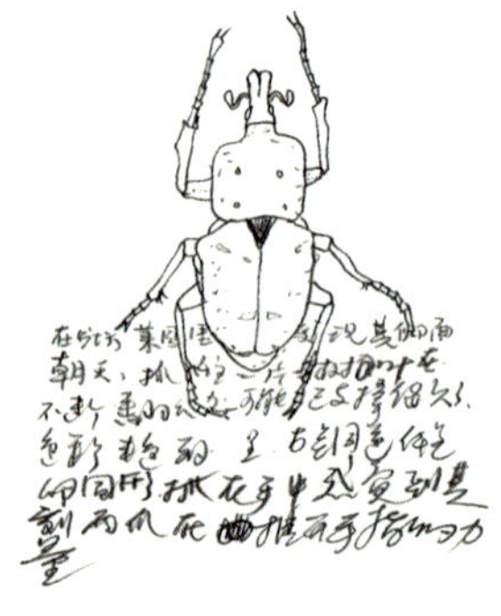

误入蛛网的天牛

时间：
2010.10.10
地点：
天井东墙门框

上次见到的那只趾高气扬的天牛，偶尔还会来天井转悠。其实吃素的天牛并不是要捕食小虫，但它那威猛的身躯在天井飞檐走壁，实在没有哪只小虫敢发出半点声音。

天牛竖起花翎般的触角，腾云驾雾一样从东墙飞往西墙。

突然，天牛迎头撞进门框上的蛛网。这只蜘蛛已经在此守候多日，今天终于有了收获。可这点蛛网似乎并没有让天牛紧张，它的利爪钢牙，何曾有过什么惧怕？

天牛三下两下就挣脱蛛网，可要命的是，它一直打着转，蜘蛛网被它搅成了细绳，牢牢地缠住一根触角。天牛赖以炫耀的东西变成了致命的软肋。

天牛在半空挣扎着，一只触须承载着整个身体的重量，渐渐地，动作越来越缓慢。

这时蜘蛛才悠然现身，不断地吐出丝来束缚天牛的手脚，但并不敢靠近，它还是得防备天牛的利爪钢牙。

天牛看到近在咫尺的蜘蛛，又一次剧烈地挣扎，但是为时已晚，六肢早已被捆得严严实实。蜘蛛好像并不急着下口，而是继续退回网的上方，静静地看着天牛在挣扎。

我凑近去看，这只天牛已筋疲力尽，呼吸微弱，于是动了恻隐之心，想用树枝把天牛解救下来，可再看看苦苦守候了一周的蜘蛛，似乎也很让人同情。

一只挣扎的天牛，一只饥饿的蜘蛛，让我陷入了两难。

水洼边的灾难

时间：
2013.06.25
地点：
前院马路

午后，我撑着伞在雨中行走，许多蜗牛也到马路上漫步。

我不时地看着地下，把一些爬到路面的蜗牛转移到草丛中。

当我弯腰捡蜗牛时，看到一只蚂蚁在水洼边。这只蚂蚁的姿势很奇怪，像人一样坐着，触角向两边分开。我趴下细看，才发现它的腹部紧紧地粘在地上，可能是喝水时被人踩到了。蚂蚁两条后腿颤巍巍地撑着地面，试图站立起来，可整个后腹部已经被踩扁，即使站起来，也不能活了。

我还是想帮这只蚂蚁一下，便用小树枝轻轻把蚂蚁的腹部和路面分离。

蚂蚁很快就不再动弹了。六只小蚁正好路过，一只小蚁抬一只脚，合力扛起蚂蚁的尸体，一步一步离开水洼。

找不到土壤的蚯蚓

时间：
2012.09.04
地点：
前院马路

整修书坊菜园的时候，我托人从乡下买来一车黄土。

我帮着司机师傅把黄土卸到水泥路边。

一只蚯蚓从黄土里钻出来，在滚烫的水泥路面上惊慌蠕动。

司机师傅拿起铁锹要将其铲断，我忙阻止，告诉他蚯蚓无毒，也不咬人，还能改良土壤，请手下留情，何况是你把人家从乡下带到城里。

司机笑着告诉我，既然蚯蚓这么好，更要把它铲断。农村有传说，蚯蚓的身体如被断成两截，会各自长出头和尾，这样不就多了一只？

不过我始终没弄清楚，各自长出头和尾来的蚯蚓还是不是原来的那只。反正对于这只初来乍到书坊的蚯蚓，我倒是不想让它断成两截，最好还是让它做本来的自己。

我用铁锹轻轻铲起蚯蚓，把它请到菜地，那里会有松软的土，还会有足够的水分。当然，它也得每天义务帮着我施肥松土。

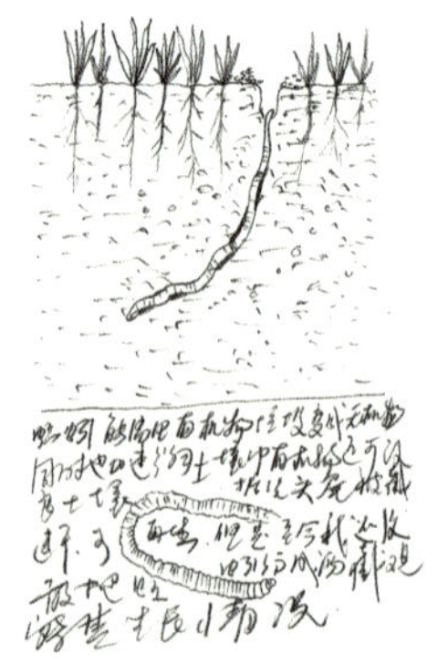

| 蚯蚓 | 身体两侧对称，具有分节现象，没有骨骼，体形圆长而柔软，外表丑陋。经常穿穴泥中，能改良土壤。

窗外的邻居

时间：
2010.10.15
地点：
琴室南窗

一只马蜂落在琴室朝南的窗户框上。

我起先以为这只马蜂仅是停在这儿歇歇脚，可后来发现，马蜂每天都来这里张望。

又过了几日，竟看到马蜂在我的窗框上做起窝来。不过，进度好像很慢，有时候一个星期也没见工程有明显进展，还是六个蜂巢。

我没有马上去捣毁这只蜂窝，而是对这个邻居持谨慎的欢迎态度，但又害怕它把自己的家业做强做大。

那段时间，每次我开窗时，都很小心，不知是怕我吓着它，还是怕它吓着我。

一个星期以后，马蜂窝的上方，又来了一个邻居——蜘蛛。这只温室希蛛在马蜂窝的边上徘徊，好像也看好了这块风水宝地。

果然，蜘蛛也拽丝拉网，开始施工。我看着这两个邻居，心想我们三方以后可都要互相提防着生活。

蜘蛛有毒牙，马蜂有螯针，那我呢？

对了，我可以把窗子关死，隔着玻璃，清清楚楚地看这两个邻居怎样争斗。

[马蜂] 身长体大有毒性，飞翔迅速。雌蜂身上有一根有力的长螯针，在遇到攻击或不友善干扰时，会群起攻击，可以致人过敏或中毒。马蜂通常用浸软的似纸浆般的木浆造巢。

[温室希蛛] 头胸部呈桃形，前尖后宽，背甲上有黑毛。在植物上结不规则网，常将土粒及枯叶等吊在网的中央，匿居在其中。

蚁与蚁蛉

时间：
2013.06.22
地点：
天井西墙

月色朦胧，清风拂面。天井西墙，摇曳的树影若隐若现。

忙碌了一天的蚂蚁还不肯休息，夏日里，有月亮的夜晚，它们总是三三两两地在墙上寻寻觅觅，一直要忙到深夜。

一只蚁蛉翩翩降落在小蚂蚁们面前。

蚁蛉形似豆娘，透明的翅膀，狭长而精致。上面的翅痣，像被人随意点上了几滴墨迹，翅膀的边缘还晕染了一些淡淡的赭色，显得典雅而文气。

蚁蛉的脑袋长得也很秀气，一点不像天牛那样总是咬牙切齿，气势汹汹。而且蚁蛉的四肢纤细精巧，更没有螳螂那种大刀一样的前肢。

小蚂蚁们迎了上去，或许是因为蚂蚁和蚁蛉，都有一个蚁字，会不会是近亲呢？小蚂蚁觉得眼前的蚁蛉和蔼可亲。

蚁蛉止步于小蚂蚁面前，打量着来到自己跟前的小蚂蚁。突然，蚁蛉扇动翅膀扑向蚂蚁，瞬间，三只蚂蚁被吞进了肚里。

原来蚁蛉是食肉昆虫，之所以名叫蚁蛉，难道是因为喜欢捕食蚂蚁？

蚁蛉的幼虫叫蚁狮，样貌和蚁蛉有天壤之别。长着两颗镰刀状的大牙，而且浑身长满灰色杂毛，凶猛而可怕。蚁狮还会在沙地里制造陷阱，捕捉路过的蚂蚁和其他小虫。

薄雾散去，月色更加皎洁。又有几只小蚂蚁围拢过来，蚁蛉轻轻扇动着翅膀，在月色下更加温柔可人。

[蚁蛉] 形态与豆娘很相似。触角短，末端膨大。翅狭长，翅痣不明显，有长形的痣下翅室。

[蚁狮] 蚁蛉的幼虫。头部大，呈方形，有镰刀状大颚；腹部呈卵形，沙灰色，有鬃毛。隐藏在漏斗状的陷阱底部，取食掉进陷阱中的蚂蚁和其他昆虫。

会织字的蜘蛛

时间：
2011.08.06
地点：
后院墙角

透过画室的窗户，我看到后院西北墙角有一只蜘蛛在织网。

这只蜘蛛的背部图案很像一个面目狰狞的人脸，色泽艳丽，非常扎眼，紧盯着看，样子真有点怪异吓人，这就是有名的人面蜘蛛。

人面蜘蛛的蛛网有两段明显的主干，呈 X 形交叉，每根主干看起来又像由连写的英文字母排列而成。

每当杰作完成后，人面蜘蛛会把自己的八条腿并列成四条，和 X 形蛛网重叠，很酷地向过往小虫展览自己的得意之作。也不知是人面蜘蛛的色彩太过艳丽，还是蛛网上的文字过于醒目，飞行的小虫大多绕开蛛网，很少被网住。

而人面蜘蛛并不在乎这些，好像它只钟情于自己的艺术，难怪总是在网上看到有关它的摄影图片。

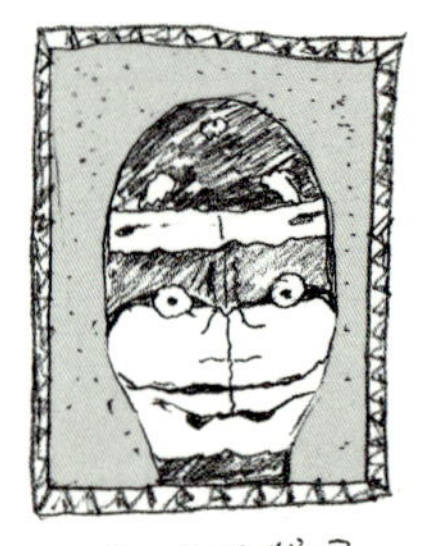

人面的蜘蛛背部图
像个蒙了面的怪物

人面蜘蛛织出来的英文大写字母“YIMAZJYAXXMNAAWM”。

相比起人面蜘蛛来，温室希蛛、幽灵蛛那灰黑幽暗的色泽要逊色很多，而且它们总是躲在阴暗的墙角，不厌其烦地修补那张单调的破网。

我每天都会透过窗户看这位艺术家尽情地展示自己的杰作，一时也不肯离开，甚至为此持续几天不吃不喝。

一只灰喜鹊飞到后院的墙头歇脚。

看到人面蜘蛛的 X 形蛛网和其艳丽的色泽非常醒目，灰喜鹊凝神端详。

只见灰喜鹊突然一个俯冲，又迅速飞向枫杨树。

人面蜘蛛没了踪影，只剩下几个残破的英文字母飘荡在风中……

[人面蜘蛛] 因身体长有类似人脸的图案而得名。长短从几毫米到十几毫米不等，人脸花纹有的在背部，有的在腹部。有的像漂亮的女子，有的像迟暮的老人，甚至有的像兵马俑。

被困石头岛上的蚂蚁

时间：
2013.06.06
地点：
前院门口

暴雨过后，书坊门前的积水汇成一汪汪水洼。

在一个稍大的水洼里，有两颗鹅卵石，一只鹅黄色，一只鸭蛋白。

我趴下身子看，水洼在眼前幻化成一个湖，两颗鹅卵石在湖面上变成两座石头岛。

石头岛上有一只小蚂蚁，正在不停地用触角去触碰水面。下巴上，还沾着一滴晶莹剔透的小水珠。

小蚂蚁在石头边焦虑地转着圈，不停地低下头，伸出脚，试探着水的深浅，恨不得立刻跳进湖里涉水上岸。

太阳出来了，水分在慢慢蒸发，小蚂蚁仍然在石头上不停地转着圈。

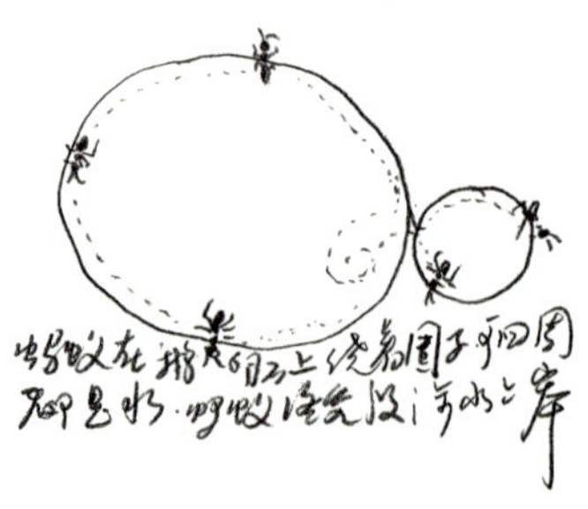

玉兰花开

时间：
2014.06.10
地点：
北草园

转眼已是六月中旬了，书坊小院内外，枝繁叶茂，郁郁葱葱。

北草园的广玉兰树上，几朵白色花苞好像有着什么约定，各自铆着劲，谁也不愿第一个把花瓣打开。

凌晨，那朵最大的花苞终于憋不住了，悄无声息地炸裂开来。盛开的广玉兰宛如荷花一般，色泽淡雅素净，花瓣肥厚绵软，像被人泼上了一层浓浓的牛奶。花蕊被花丝和花药包裹成圆柱形，层层叠叠，饱满圆润。

虫子的嗅觉要比人灵敏得多。

马蜂第一个钻进花瓣里，看着硕大的花瓣，饱满的花蕊，竟然彷徨起来。

苍蝇静静地落在花蕊上，没有不停地搓脚，也忘了尽情地吟唱。

蚂蚁也放下手中的活，循着花香匆匆而来，它把头深深地埋在花蕊里，身体酥软着，好久也不动弹一下。

从旁边的树枝上飘荡过来一只小蜘蛛，在花瓣上吐了一根丝，却并没有继续织网，而是吊在半空一动不动。

听不到虫鸣，也没有风，浓郁的花香醉倒了蜘蛛、蚂蚁、苍蝇和马蜂。

［广玉兰］又叫荷花玉兰，常绿乔木，叶厚花白，有芳香。

一场冲突擦肩而过

时间：
2012.10.28
地点：
天井廊檐

月光如水，我一个人坐在天井喝茶。

除了蟋蟀的一两声鸣唱，听不到一点其他的声响。

昏暗的灯光照在木格窗上，一只灰色壁虎正埋伏在木格中间，它灵活地转动着眼睛，不时伸出长舌捕捉面前飞过的小虫。

一阵轻微响动，引我转头探看。

原来是一只蜈蚣，二十一对步足交替划过木格，发出窸窸窣窣的声音。

这只蜈蚣，红头，绿身，钩状的颚牙闪着幽光，大摇大摆的样子，如入无人之境。墙上的蛾子、蚊蝇四散逃窜，连蜘蛛也悄悄退缩到墙角。

壁虎觉察到异常响动，爬上木格，发现是蜈蚣，马上又退回到木格中间的墙上。

蜈蚣沿着木格继续向上游动，壁虎也在两格之间向下爬行。当双方相近时只是稍微停顿了一下，立刻沿着各自的方向前行，谁都没有敢越过木格一步。

蜈蚣和壁虎都在“五毒”之列，两者若真的狭路相遇，一定难分胜负。

这是真的没看见对方，还是心知肚明的避让？

月光如水的夜晚，一场冲突擦肩而过。

［五毒］民间对五种有毒动物的合称，包括：蝎、蛇、蜈蚣、蟾蜍、壁虎，其中以蜈蚣为“五毒”之首。

自投蛛网的蚂蚁

时间：
2013.08.10
地点：
后院枫杨树

枫杨树上垂下一缕蛛丝，蜘蛛可能刚刚被鸟儿掳走。

树干上，两只蚂蚁正上下奔忙着寻找食物。

透明的蜘蛛丝在随风摇荡，一点都没能引起蚂蚁们的注意。

突然，一只蚂蚁被蛛丝粘住，随风飘向树干的另一端。它惊慌失措，在半空中挣扎摇摆。幸好没有蜘蛛，否则，这只小蚂蚁定会一命呜呼。

另外一只蚂蚁正在埋头寻食，一抬头却不见了同伴，转过身去，才发现同伴虽在眼前，却已被吊在了半空。

空中的小蚂蚁随着风像钟摆一样摇荡着，眼看就要靠近树干，只见树干上的小蚂蚁伸出前肢，一把抓住同伴，试图把它解救下来。

吹来一阵风，这一次，两只小蚂蚁一起荡向半空中。

两只蚂蚁在空中挣扎，可是没有着力点，只是越粘越紧。

渐渐地，两只蚂蚁都失去了力气，却依然在半空中紧紧抱在一起。

夜色来临，没有月亮，黑暗渐渐吞没了两只蚂蚁，连同整个世界。

蝉的涅槃

时间：
2011.08.03
地点：
书坊门口

书坊门口，离地一人多高的树干上，停着一只蝉。

我不敢靠近，怕它飞走。

在这个炎热的夏季，一只蝉落在书坊门口的树上，确实是一道难得的风景。现在的城市里几乎听不到蝉鸣，更何况活生生的蝉就在眼前。

如果是小时候，我一定会蹑手蹑脚地走过去，纵身一跃，飞快地将蝉扑住。

我远远地望着，这只蝉很安静地落在树上，一动不动，不知是在把吸管插进树里吸食树汁，还是正在树上产卵？

我又轻轻挪动脚步，想再靠近一点。这回看得更仔细：这应该是常见的蚱蝉，身体黑色，有光泽；头部横宽，中间向下凹陷，隐约可见顶端及侧面有横纹；一对复眼，呈淡黄褐色。

我慢慢靠近，蝉并未受到惊吓，我心跳加快，竟然有了伸手去扑捉的想法。

我又挪动了半步，这回连蝉背上的黄褐色条纹，甚至翅膀上的叶脉也能够看得清楚。我正屏住呼吸，一只小蚂蚁爬到了蝉的背上来，但蝉却没有什么动静。我心里有了不祥的预感：难道这只蝉受了重伤或身体老化，所以行动这么迟缓？

我轻轻跺了一下脚，蝉没有反应，我又重重拍了一下掌，蝉依然没有动弹。

再走近细看，蝉好像已经没有了呼吸，连眼睛都变了颜色。

原来，这只蝉在做一生的最后一个功课：涅槃。

竹枝上的尺蠖

时间：
2011.09.30
地点：
北草园

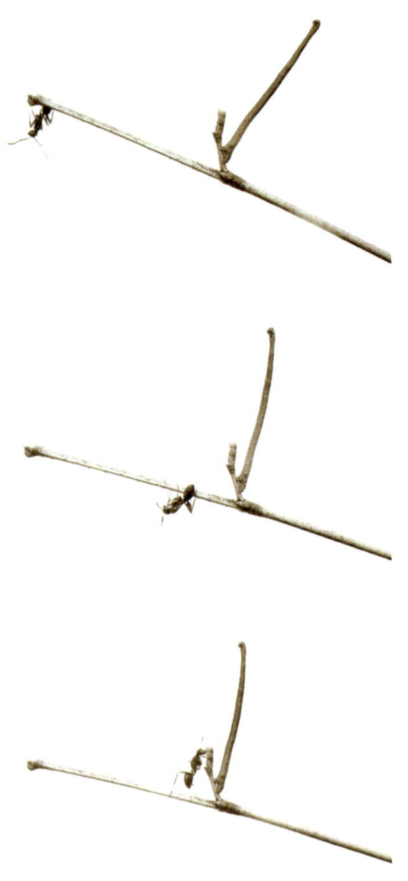

地面已经被无数只蚂蚁搜寻了无数次，哪里还有可以吃的东西。

蚂蚁爬到竹枝上碰运气，说不定会遇到一只虫卵或刚出卵壳的虫子。

尺蠖正在竹枝上打盹，突然发现蚂蚁爬上了竹枝，吓得屏住呼吸，一动不动。

蚂蚁从上到下，由左到右，把整个竹枝探了个遍。

蚂蚁累得腰酸腿疼，精疲力尽，最后什么虫子也没有找到。

蚂蚁只好沮丧地回到地面。

一直钉在竹枝上的尺蠖伸了伸腰，终于舒了口气。

一只蜻蜓坠落在黄昏

时间：
2010.07.04
地点：
前院南侧马路

黄昏，一只蜻蜓轰然坠落在前院围墙边的马路上，不知是被鸟儿追捕，还是刚从螳螂的刀下逃脱。

蜻蜓坠落在地上的样子，就像一架失事的老式飞机。

一群正在忙碌的蚂蚁很快靠拢过来，有的在旁边翘首围观，有的用触角左右试探，性急的已经爬到蜻蜓的身上，啃啮撕扯。蜻蜓不停地扑打翅膀，使劲抓挠自己的脸庞，有几只蚂蚁被掀翻到路边，爬起来，变得更加疯狂。

蚂蚁很有经验，迅速地向蜻蜓的尾巴和胸部聚集。

好像有谁发布了一声命令，蜻蜓的身体猛然被抬起。

昔日的飞行高手，被一点一点拖向路边的蚁巢，却始终保持着飞行的姿势。

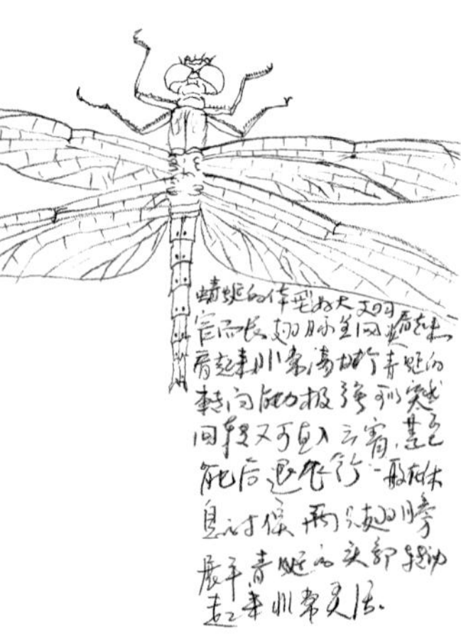

| 蜻蜓 | 有一对硕大的复眼，两对强有力的透明翅膀，以及修长的腹部。一般捕捉小昆虫，常见雌雄成群结队飞行。

跌落的宝石

时间：
2012.07.14
地点：
天井地面

一只朱肩丽叩甲不慎跌落到天井的青砖地上。它背部的铜质金属绿，加上两肩的红，以及红色之间的蓝绿色在青砖地上显得极其艳丽。当它在树上时，靓丽时尚，高贵无比；而此刻跌落到湿漉漉的地板上，好像一枚宝石被人遗落于墙脚。

它趴在潮湿的地上，试图找个相对安全的地方，可艳丽而沉重的盔甲下，却是难以挪动的受伤的肢体。

一只马蜂歪歪斜斜地飞过来，落在它的面前。马蜂是否也错把朱肩丽叩甲那红绿相间的身体，当成一朵过早凋谢的花？

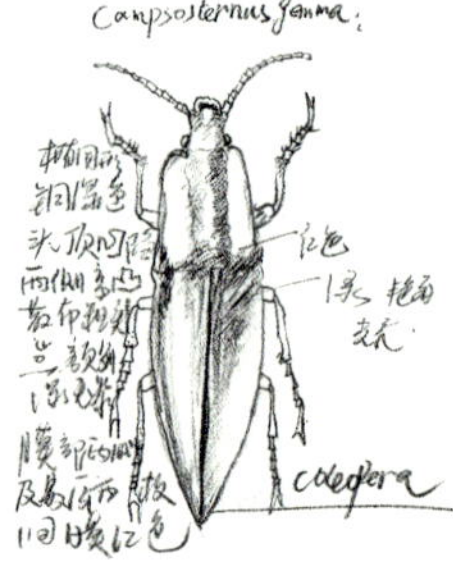

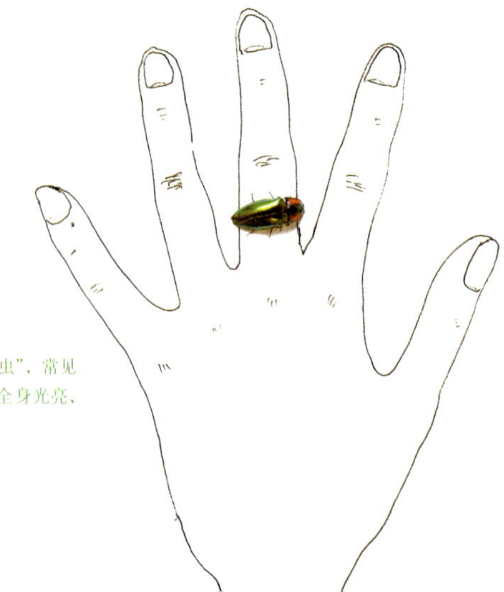

| 朱肩丽叩甲 | 又称“叩头虫”，常见于苦楝、木梨等植物上。全身光亮，无毛，呈椭圆形。

独须的蛉蟋

时间：
2012.08.27
地点：
天井西墙

黄昏，天井西墙上传来断断续续的虫鸣，仔细听，这鸣叫声中透着些哀伤。

我循声走近东墙，鸣叫声却又停了下来。

我仔细搜寻，看到墙根趴着一只柔弱的蛉蟋，不知道是不是它发出的声音。

看我走近，蛉蟋好像很害怕，吃力地挪动身体，可并没有力气逃走。看样子这只蛉蟋刚刚经历过打斗，而且伤得不轻。

我蹲下来细看，这只受伤的蛉蟋，浅赭色的身体，结构精致，尤其是两条后腿，晶莹透亮，真像玉雕的一样。只可惜受了伤，不能双双弯曲成好看的造型，只能无力地挂在墙上。

蛉蟋的头相对要小一点，但触须都很长，一般是身体的四倍。蛉蟋的触须好比眼睛，尤其在黑暗中行走时比眼睛更为重要。可眼前这只蛉蟋的触须却因为好斗而只剩下一根了。

在以后的日子里，这只独须的蛉蟋将会遇到很多不便和麻烦。或许这样也好，当它再次面对强劲的对手时，定会少一些鲁莽，多一些忍让，自己也不会再因好斗而频繁地受伤。

[蛉蟋] 体形较小，头圆，复眼突出，触角细长。大多生活在茅草或灌木丛中，雄性有发音器。

脚印旁的营救

时间：

2012.09.06

地点：

前院入口

在书坊前院的入口处，一下雨总是积水，我用水泥砂浆把入口处垫高，还立了小牌——“未干勿踩”。

第二天一早，我想看看水泥的干燥程度，却发现还是被人踩了一个大脚印，真的有点气恼。

我蹲下来想弄平脚印，却发现在大脚印的后跟边缘正进行着一场生死营救。

一只蚂蚁，左边两条腿深陷在水泥砂浆中，身体扭曲，触角在颤抖着，显然非常痛苦。

另一只稍小的蚂蚁正在用嘴拖曳着受伤蚂蚁的左前腿，想要把同伴从泥潭中解救出来。大蚂蚁挣扎着，小蚂蚁拖曳着，我正想来帮忙，大蚂蚁已经爬了出来，只是左侧的两条腿永远留在了水泥砂浆中。

失去两条腿的大蚂蚁在小蚂蚁的“搀扶”下，一路踉跄着向蚁巢爬去。

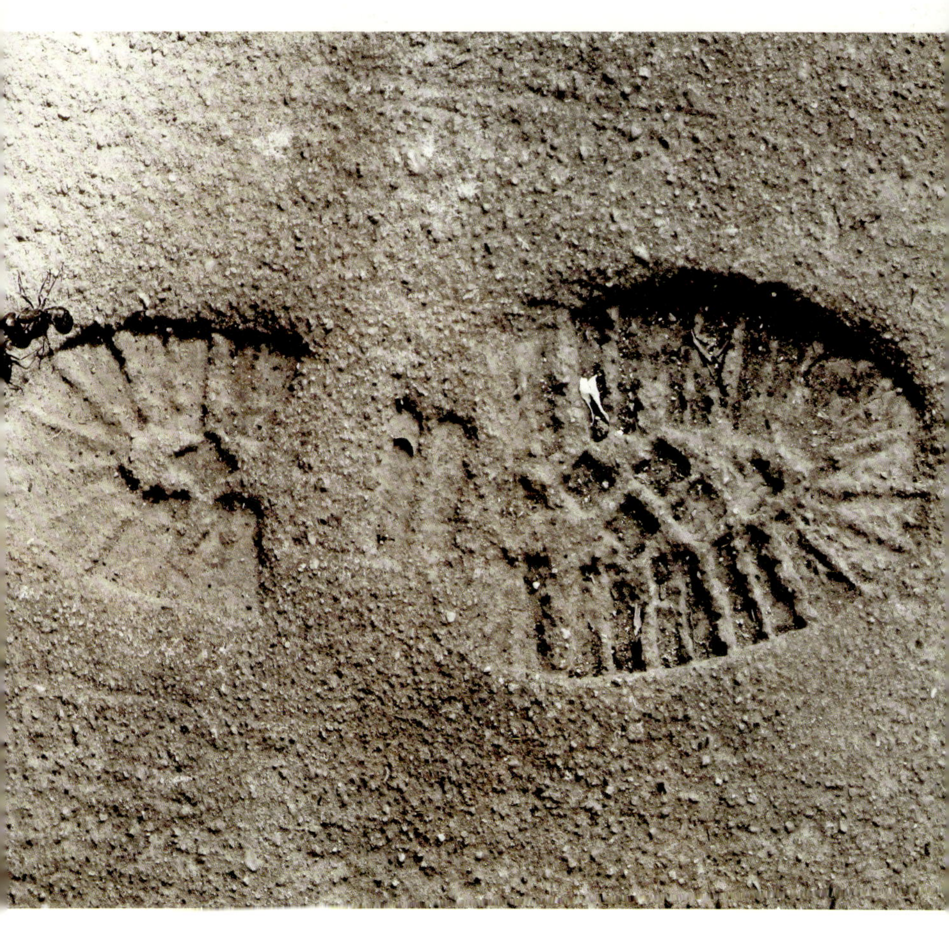

小蜥蜴的尾巴

时间：
2013.03.09
地点：
书坊后院

书坊后院改造完工后，我把用剩的砖头码齐。

一只受惊的小蜥蜴突然从一堆砖头中窜了出来。

四面都是墙，惊恐的小蜥蜴在院里速度飞快地乱撞，总算找到一道砖墙缝，一头钻了进去。

可砖头缝很浅，根本容纳不下小蜥蜴的身体，臀部和尾巴只能暴露在外面。

我蹲在砖头缝的前面，好奇地看着小蜥蜴的尾巴。

我用树枝轻轻碰触，只见小蜥蜴摇尾挣扎；我又把树枝折成两截，像用筷子一样去夹小蜥蜴的尾巴，想把它从墙缝里拖出来看个仔细。

这回小蜥蜴惊慌得不行，尾巴摇动得更加厉害。突然，它把尾巴甩断了。那只断尾在地上摇个不停，见到此景，触目惊心，我赶忙扔掉树枝，退出了院子。

过了几天，在门口的木板地上，那只断尾自救的小蜥蜴和我迎面相遇。看着小蜥蜴的尾巴断了一截，我愧疚不已。

[蜥蜴]俗称“四脚蛇”，是一种常见的爬行动物。周身覆以表皮衍生的角质鳞片。许多蜥蜴能自割尾部，断下的尾能迅速扭动以分散敌人的注意，从而得以逃脱。

夕阳下的白芷

时间：
2010.09.05
地点：
北草园

傍晚，我在菜园里给黄瓜浇水，抬起头看到夕照下的白芷。

白芷很独特地立在杂草丛里，伞一样的白花，还带着淡淡的香气。这是朋友从郊区小山坡上移栽过来的。

一只灰蜡蝉飞了过来，径自停在白芷的茎秆上。蜡蝉虽然没有蝴蝶那么好看，倒也是夕阳下的一景。

蜡蝉转了个方向对着太阳，好像被眼前的黄昏景色陶醉了。

食虫虻尾随而来，不声不响地落在蜡蝉的下面。蜡蝉仍然沉醉着，对于准备偷袭自己的食虫虻，丝毫没有察觉。

此情此景，都被我看见。

我不想在我的白芷花下有血腥的杀戮，于是捡了一块小石子，用力扔了过去。

蜡蝉飞走了，食虫虻也跟着飞走了。

夕阳下的白芷花越发地好看。

[蜡蝉] 俗称白蜡虫。以植物汁液为食。停息时，蜡蝉与环境融为一体。如被搅扰，后翅上的眼斑会闪现以吓退捕猎者。

美丽的灾难

时间：
2010.09.11
地点：
门前矮墙

蜗牛在一个五六岁的小女孩手掌中爬行，乳白色的壳，半透明的身体。两只触角细长，螺旋形壳的边缘有一道深赭色花纹，迎着光看，好似镶了金边。书坊周围的蜗牛有好几个品种，但我还从没见过这么好看的。

一男孩见此蜗牛好看，非要借来一玩，女孩哪肯。男孩粗暴地要去抢夺，纠缠中，蜗牛被摔到地上，还被踩上了一脚。

蜗牛的壳一大半被踩扁破裂，露出血肉模糊的身体。被踩扁的蜗牛已没有原来好看的模样，女孩皱眉捡起，放在路边的青砖矮墙上，嘟着嘴走开。

蜗牛拖着破碎的壳艰难爬行，刺眼的阳光炙烤着身体，壳已大部分损坏，再也无法复原。对于蜗牛，没有了壳就无法生存。

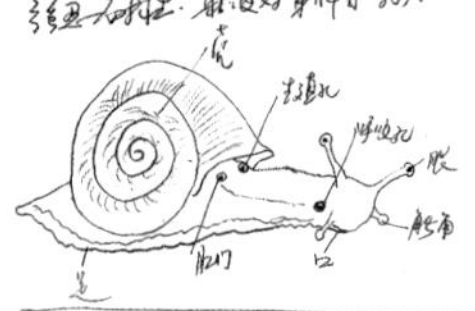

长满青苔的青砖上，蜗牛已没有力气爬行，默默地忍受痛苦，等待死亡。

身旁一只烟管蜗牛正在酣睡，它的壳布满泥污，好像从来就没有清洗过。还有一只懒懒的鼻涕虫在悠闲地散着步，身上沾满了自己的吐沫和鼻涕，黏黏糊糊。此刻的蜗牛一定希望自己长得像烟管蜗牛和鼻涕虫一样难看。

失去自由的拉步甲

时间：
2014.07.04
地点：
展厅窗台

窗台一角，一只拉步甲被两只蜘蛛俘虏，拼命想要挣脱。

近看这只拉步甲，六只脚呈油亮的黑色。头部和前胸背板为红铜色。背部为青铜绿色，有突起的纹样，每一道纹路都像是手工精雕细刻而成。鞘翅的边缘仿佛被描了一圈金边，看上去酷似一件精美无比的工艺品。资料上说拉步甲是国家二级保护动物，难怪不少昆虫收藏家们对拉步甲奇特的外貌有浓厚的兴趣，愿以高价收购。

可眼前的拉步甲，却栽倒在蛛网上。蜘蛛当然知道猎物的强大，只有两只蜘蛛合力围捕，才有胜算的把握。它们各自吐丝缠住拉步甲的后腿，拉步甲借着墙角用力向上攀爬，右侧前肢却因深陷进墙缝里而难以自拔。

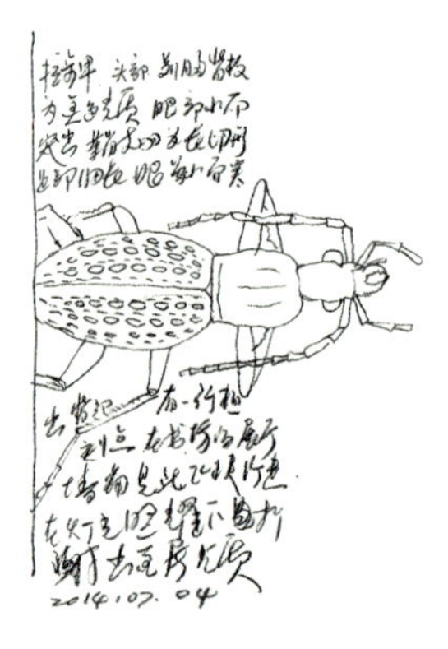

一只鼻涕虫在墙上散步，它慢慢地靠近被蛛网缠住的拉步甲，要是在平时，它早就望风而逃，因为鼻涕虫和蜗牛都是拉步甲的日常主食。听说拉步甲细长的头部，可以钻进蜗牛壳里直接吞噬蜗牛的肉体。

这一次，深陷蛛网的拉步甲失去了自由，甚至连自己的命都保不住了，对身边的鼻涕虫哪还能有一点胃口？

看着拉步甲绝望的样子，我把它从蛛网上解救下来，想暂时养在瓶子里观察。

我弄了些苹果、西瓜和蔬菜叶子，放在它面前，可拉步甲没有半点食欲，我又从矮墙上找来一只鼻涕虫的尸体，可拉步甲还是无动于衷，趴在瓶底一动不动。看来这真是一只有骨气的虫子，宁肯饿死也不吃嗟来之食。

我决定放了它，虽然有点舍不得。

外面下着不小的雨，我带着拉步甲来到菜园里。拉步甲一接触到土地，四肢立刻灵活起来，转眼消失在草丛里。

[拉步甲] 头部在眼后延伸，眼部小而突出。一般在夜晚捕食蜗牛、蛞蝓等软体动物，白天潜藏于枯枝落叶、松土或杂草丛中。

受伤的蜗牛母亲

时间：
2012.08.03
地点：
青砖矮墙

书坊门口的青砖矮墙旁，一只蜗牛刚刚摔成了重伤，壳上有一个很大的窟窿。

蜗牛竟然将窟窿当成气孔，把头连同颈子伸了出来，这样它就很难再把身体缩回壳。即使能缩回壳里，这么大的窟窿一时哪能修复，肯定会招惹很多蚂蚁蚊虫。

蜗牛的身体轻轻蠕动，触角微微颤抖，看起来无比痛苦。

在它背上，一只小蜗牛，正惊恐地盯着一只蚂蚁。因为这只蚂蚁正在撕咬着蜗牛妈妈的身体。

而在蜗牛妈妈的气孔里，还藏着一只更小的蜗牛，正躲在妈妈的壳里酣睡。

小蜗牛一定认为：这里是全世界最安全的地方。

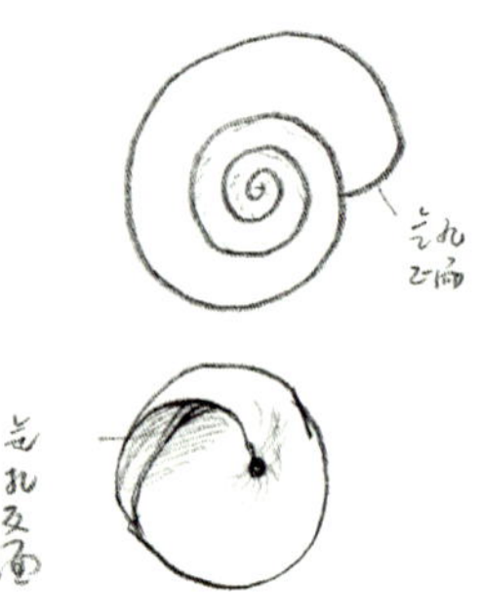

蝼蛄与断尾

时间：
2014.06.10
地点：
北草园

蜥蜴的断尾在菜园旁的沙地上不停地蠕动，很像一只受伤的虫子。几只蚂蚁惊奇地打量着这个有尾无头的怪物。

在蜥蜴断尾不远处的枯叶下面，一只蝼蛄有气无力地把头伏在前肢上，瑟瑟发抖。蝼蛄已经断了一条腿，其他几条腿似乎也不太灵活，翅膀更是破损不堪。

或许，就在今天凌晨，这里曾发生一场决斗：一只过路的蝼蛄遭遇蜥蜴的偷袭。

蜥蜴全身覆盖着鳞片，行动敏捷，牙齿尖锐，舌头宽大肥厚且伸卷自如，小虫就是它的家常便饭。

蝼蛄有一对强大的前肢，扁阔而坚硬，尖端有四枚锐利的钩状扁齿，这也是蝼蛄的开掘足，用来刨土凿洞的，活动自如。这一次，也许成了它防卫小蜥蜴的武器。

而小蜥蜴可能也低估了蝼蛄的能量。蝼蛄俗称“土狗”，凶猛起来不是一般昆虫能比，光是那强大的前肢就可把蜥蜴的脑袋夹扁。

不知打斗了几个回合，小蜥蜴遍体鳞伤，痛得截尾；蝼蛄也是奄奄一息，断腿保命。

当然，这一切都是我的猜想。

不过蜥蜴断了尾可再长，蝼蛄缺了肢恐怕得落下终身残废了。

[蝼蛄] 俗称“拉拉蛄”“土狗”等。身体呈黑褐色，上面长着层短而有丝光的毛，体长约 4 ~ 5 厘米。它短短的前腿长着铲形的脚爪，适于快速挖掘。蝼蛄的翅膀短而坚硬，能长距离飞行。

坦途上的尺蠖

时间：
2011.09.04
地点：
天井桌面

秋后正午，阳光虽然有点刺眼，照到身上却并不是很热。

一只尺蠖吐着丝，从头顶的枫杨树上飘荡下来，落在我面前的白色桌面上。

尺蠖可能是要入土化蛹了，连颜色也变得像泥土一般。

尺蠖的脚只长在尾部与头部，行走时首先要将长在尾部的脚移近头部，然后头部的脚再前移。当头部的脚和尾部的脚靠在一起的时候，整个身子就弯成了拱桥的样子。所以先屈后伸，成了尺蠖行进的姿态。

而这一次，过于平坦光滑的桌面却给尺蠖带来了麻烦。

当它弯腰的时候，需要靠头部的脚用力才能拉动腰部拱起。可是每次用力，脚下都在打滑，腰部很难弯曲起来。大概从来就没有走过这样平坦的路，需要摩擦力的尺蠖，一下子很难适应。

一只花斑蚊子飞过来，不偏不倚，落在尺蠖的背上。蚊子狠命咬了一口，尺蠖受了惊吓，赶忙奋力向前逃避。可在没有足够摩擦力的桌面上，尺蠖寸步难行，索性身体不再弯曲，趴在桌面上蠕动起来。

我不忍再看尺蠖滑稽的模样，便把它移到门口的树上。一接触凹凸不平的树皮，尺蠖立刻如鱼得水，一屈一伸的走姿非常协调，不一会儿，就消失于浓密的树叶间。

黄昏，它们为何而战

时间：
2012.08.28
地点：
北草园

夕阳下，在书坊北草园与南大楼的石板路边，一群黑压压的蚂蚁混战在一起。场面混乱到已经很难分辨出到底有几种蚂蚁。它们互相撕咬，疯狂肢解，瞬间尸横遍野。

如果蹲下来，侧耳细听，似乎在耳边还有阵阵喊杀声。这些蚂蚁是因为争夺地盘、食物，还是因为一只小小的蚜虫而引起了内讧？

残阳如血，染红了战场上的蚂蚁。没有人知道，它们到底为何而战。

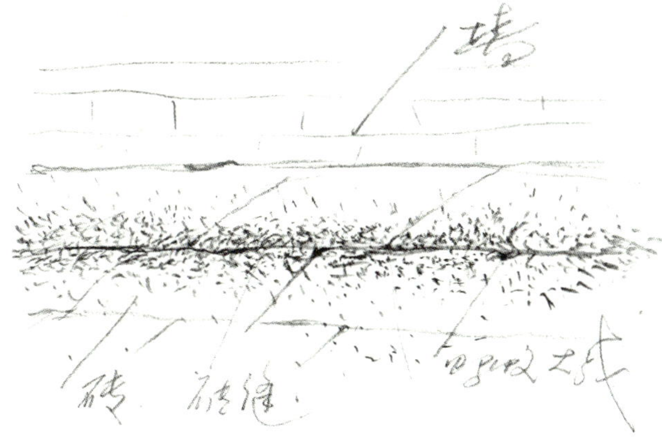

墙
砖
砖缝

风中的爱情

时间：

2013.09.10

地点：

展厅东墙

爬墙虎在风中摇曳，一对鹿蛾随风起舞。鹿蛾的翅膀很有特点，图案亦如小鹿身上的花纹，黑白分明，而且总是平展着，好像随时都在展示飞翔的模样。

鹿蛾在爬墙虎的叶子上互相追逐，总想努力靠近对方。无奈造化弄人，每当这对鹿蛾要靠近时，风儿总是没命地吹起来，叶子也摇得格外厉害，似乎故意要让这对情侣不能如愿。

风速渐渐小了，风儿似乎也开够了玩笑，两只鹿蛾终于紧紧地靠在了一起。好像很害羞的样子，它们赶紧转到爬墙虎的叶子背面。只见两只鹿蛾触角舒展，尾部紧紧相连，迫不及待地交媾起来。

鹿蛾两对漂亮的翅膀在微风中开合，一股浪漫幸福的气息在爬墙虎的周围漫溢开来。

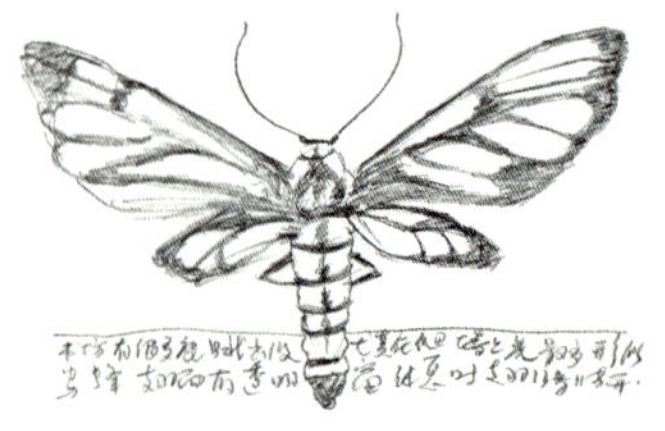

[鹿蛾] 外形似斑蛾或黄蜂，翅面常缺鳞片，形成透明窗。体钝，且后翅小，飞翔力弱，人可用手去捕捉。

放牧的蚂蚁

时间：
2012.08.09
地点：
前院石阶

天还没亮，两只蚂蚁就爬到一株钻形紫菀的叶子上面去放牧。因为蚂蚁喜欢蚜虫分泌出来的蜜露，所以它们会专门饲养蚜虫，把蚜虫当成一头头奶牛。

紫菀的花开得很带劲，这两天蚜虫的数量也在不断增加，分泌的蜜露要比往日多一些。

可刚刚还是日照晴空，一眨眼就狂风大作，沙尘飞扬，紫菀的茎叶在风中拼命地摇摆，仿佛要被连根拔起。

蚜虫们被这突如其来的狂风掀翻，纷纷跌落到地面，有的仰面朝天，挥舞细肢，有的一瘸一拐，四下逃窜。

看着自己辛勤饲养的“奶牛”乱作一团，两只放牧的蚂蚁急得干瞪眼。

鼻涕虫的鼻涕

时间：
2012.09.10
地点：
书坊后院

秋天的正午，在后院的墙上，一只鼻涕虫拖着臃肿的身体闲逛。微风吹过，几片桂花瓣飘落在身旁，鼻涕虫似乎也被衬托得不那么令人生厌了。

鼻涕虫的长相是有点麻烦，关键是整天拖着鼻涕，就像一整个夏天都得了重感冒，所以连个像样的朋友都没有。

没有朋友聚会扎堆，自然也就多了一份清闲，鼻涕虫总是独自悠闲散步，似乎已经习惯了这样的孤独。

一只细腰蜂飞了过来，它的细腰可真是让鼻涕虫相形见绌。鼻涕虫好奇地看着眼前的标致美女。

细腰蜂也盯着鼻涕虫端详：肥嘟嘟、肉滚滚的身材，一根毒刺杂毛都没有。

如果能把眼前这家伙弄回巢里，孩子们这个冬天的口粮全都没问题了。可细腰蜂一想鼻涕虫这鼻涕哧啦黏黏糊糊的样子，保准孩子们不会有一点食欲。

细腰蜂瞥了鼻涕虫一眼，扇起翅膀，扬长而去。

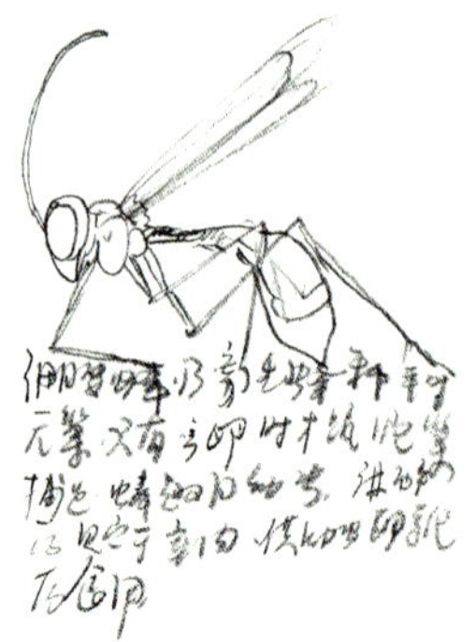

[细腰蜂] 喜独栖。因其腹部前端呈杆状，故名细腰蜂。捕捉昆虫时，先用针螫，再用钳状上颚揉捏其颈部使之麻痹，将之封入泥室，并在其体内产一卵。

蚁的武斗

时间：
2010.08.06
地点：
书坊窗台

窗台上，有两只蚂蚁，一只头稍微大一些，另一只身材瘦小一些。

两只蚂蚁像红了眼的斗牛，各自都把头压低，臀部抬高，摇摆着触须。

搞不清这到底是生死格斗，还是在比武过招。

争斗看来也刚开始，两蚁静止不动，相持足有两分多钟。

小蚁首先发起攻击，一口咬住大头蚁的右触须，死命往后拖曳。大头蚁疼痛难忍，本能地向后扭头，小蚁竟然死死咬住不放。大头蚁块头大，拖着小蚁的身体前移。小蚁紧紧抓住台面，可是台面光滑，竟然整个身体被拖动起来。

大头蚁似乎有点愤怒，猛地转回头想反咬一口，哪知小蚁早有准备，往后猛退一步。大头蚁一个踉跄，在半空中扭曲着身体，而小蚁仍旧咬住大头的触须，继续死命往后拖曳。

大头蚁不再还击，好像准备认输了，就这样，两蚁又一动不动地僵持好久……

突然，大头蚁一个急转身，用右前肢卡住小蚁的脖子，抬起右后肢，骑在小蚁的身上。就这样，小蚁一下子被大头蚁控制得动弹不得。但大头蚁的右触须仍在小蚁的嘴里。

大头蚁无法再忍耐，卡住小蚁的脖子，用力高高举起，要把它摔个半死。这回小蚁六肢不着地，在半空中挣扎。大头蚁果然把小蚁狠狠地摔到台面。小蚁身体被重重撞击后，手脚也没了力气，瘫软下来。但是，大头蚁的触须仍然在小蚁的嘴里。小蚁一用劲，大头蚁也就势倒地。

这场争斗进行了半个小时，也耗尽了两蚁的体力。争斗结束后，小蚁好像已不能走动，大头蚁把小蚁扛起离开桌面。当然，触须还被小蚁咬在嘴里。

蚱蜢最后的日子

时间：
2013.10.25
地点：
前院石臼

天气转凉，石臼里的雨水一天比一天浅了。

夕阳西下，石臼檐口的孔洞里，一群蚂蚁钻进钻出，忙个不停，它们已经在储备过冬的食物了。

蜗牛在优雅地散步，时而仰起头深呼吸，时而伸长脖子去喝水。它要在冬眠前储存足够的水分。

不远处，吃饱了的苍蝇停在水面上一动不动，痴迷地看着自己的倒影。

蚱蜢静静地伏在石臼檐口，往日强健的后肢正在慢慢萎缩，身上的绿色也从尾部开始渐渐褪变为黯淡的赭色。

都说秋后的蚱蜢长不了，看着身边比自己身材还要娇小的蜗牛和蚂蚁，都在为自己的来年做准备，而蚱蜢是知道自己过不了这个冬天的，索性就让自己平平静静，细细体悟夕阳、花香与秋风。

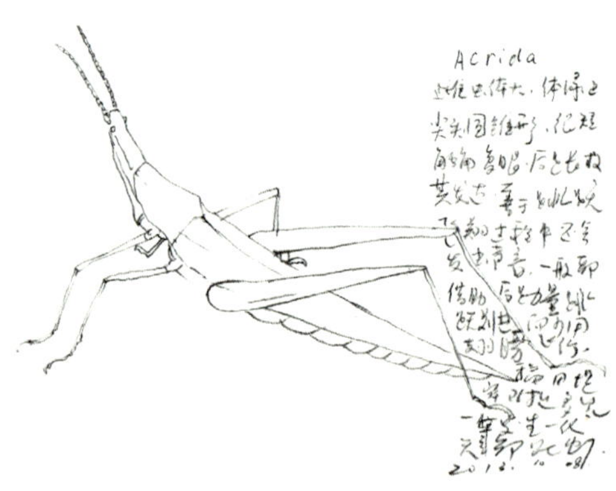

[蚱蜢] 常为绿色或黄褐色。头尖，呈圆锥形；触角短，头部有明显的复眼。后足发达，不仅善于跳跃，也能飞行，而且飞时会发出嗜嗜声。为了逃生，蚱蜢常食有臭味的树叶，然后再呕吐到自己身上。

戴着脚镣的蚊子

时间：
2014.10.29
地点：
展厅窗台

窗台上，一只蚊子振动着翅膀，摇摆不定，像个醉汉在跳舞。

疲倦至极时，蚊子便瘫软在窗台上，可稍歇了片刻，又用长腿支撑起身体做同样的动作。

蚊子到底要做什么？

仔细看，原来在蚊子的腿上，缠着一根极细的蛛丝，而控制着蜘蛛丝的，正是身后不远处的小小幽灵蛛。

蚊子还在不停地上下飞舞着。

小幽灵蛛眼看蚊子要挣脱，索性用力把蚊子扯落下来，并跑到蚊子的脚旁，迅速吐了一些丝。这回蚊子的两条后腿都被蛛丝缠住，就像戴上了脚镣。

慌乱的蚊子扇动翅膀要飞离窗台，却因“脚镣”而重重摔倒。

幽灵蛛远远地看着忽降忽升的蚊子，就像牢牢地控制着一只风筝，得意扬扬。

[幽灵蛛] 中型蜘蛛，因喜欢隐藏在房间的阴暗角落而得名。腹部呈长筒形或隆起。步足极细长，超过体长3倍。有织网习性，但网简单且不规则。

求爱的西瓜虫

时间：
2010.10.20
地点：
前院墙脚

西瓜虫好像知道自己灰不溜秋的样子，一点也不讨喜，所以他总是不敢去人多的地方散步，生怕会让人生厌，无故被踩上一脚。

静静的墙脚里，她在晒着太阳。

他远远地望着她。

这是他最喜欢的她，亮丽的色质、光滑的肌肤，还有害羞时的样子。

他又向前挪动几步，这一次一定要鼓足勇气，不能再半途退缩。

他冲上去，从后面猛地将她紧紧拥抱，热烈亲吻。她被他抱得呼吸急促喘不过气来。一只蜗牛被吵醒，知趣地走开。

这一次，她竟然没有拒绝，而是半推半就，顺势偎依在他宽大的怀抱里。

温存缠绵良久，他们变换了一下姿势，侧过身来，他依然把她紧紧搂在怀里。

阳光照在身上，暖暖的。她紧紧偎依着他，好像一辈子都不会分开。

斑衣蜡蝉的红色警告

时间：
2012.10.30
地点：
前院地面

一场雨过后，天气一下子凉爽了许多，青砖被雨水浸透，颜色也更深了一些。

在院子里的青砖地面上，有一两片红色花瓣一样的东西在轻轻舞动，原来是斑衣蜡蝉的成虫。不知什么原因，有三只落到地上，其中两只已经被踩死，还有一只在地上打转。

当我走近时，这只打转的蜡蝉立刻张开翅膀，露出耀眼艳丽的红色。可能是因为极度的恐惧，斑衣蜡蝉对靠近者发出警告：在最危急的时候，突然打开翅膀，露出灰黑色斑点和前翅下刺眼的红色，让靠近的对方一下子不知所措，给自己逃生的机会。

但此时的斑衣蜡蝉已经不能充分扇动翅膀，后腿也失去弹跳的力气。这个警告显然是空洞无力的，但这是它仅有的防卫武器。

单身妈妈切叶蜂

时间：
2011.08.05
地点：
走廊篱笆墙

在书坊的竹篱笆上，缠绕着一些青藤，那是我从化学楼边移栽过来的。这里是书坊阳光最充足的地方，青藤长得非常茂盛。

在一片青藤叶子上，有两个圆圆的缺口，边缘非常整齐，我真想知道是哪一种青虫的咬技这么好。

正在纳闷着，一只蜜蜂飞过来，定格在叶子上方，可是仔细看，背部的颜色又与蜜蜂是两样。

这应该是切叶蜂，只有它能把叶子切成标准的圆形，就像使用了圆规一样。

切叶蜂停在半空中，好像在端详哪一片叶子更适合切割。最后，它挑选了一片嫩叶，把后脚停在叶子上，当成圆心，再用前腿夹住叶子，身体在叶子上沿着圆周转动，两个大颚就像一把裁缝的剪刀，随着身体的转动开始切割叶片。就这样，一块圆圆的叶子被整齐地剪切下来。切叶蜂把切下来的叶子稍微弯曲，抱着这个圆圆的叶片向巢里飞去。这些叶片主要是来包裹蜂卵用的。可见切叶蜂真是个巧手细心的母亲。

切叶蜂的巢就在旁边竹篱笆的一根竹管里，只见它忙着飞进飞出，好像要赶在天黑之前多做一点事。

连着几天，这个巢里始终只见一只蜂忙忙碌碌，从没有看到其他帮手。原来切叶蜂是个勤劳的单身妈妈，它要独立把孩子抚养长大。

看着切叶蜂不断地把圆形叶子运送到这个黑乎乎的竹管里，我对竹管充满好奇，好想看看切叶蜂孩子的模样。

不过，看着这个辛苦的单身妈妈，终究不忍去把这个竹管破开。

[切叶蜂] 外形与蜜蜂相似，但腹部生有一簇金黄色的短毛。因常从植物的叶子上切取半圆形的小片而得名。

锹甲的锹

时间：
2010.09.20
地点：
书坊前院

一只巨大的锹甲仰面朝天躺在地上，六肢还不时挥舞着，嘴里发出咯吱咯吱的声音。好多路过的小虫只能远远地绕开它。

没人知道大锹甲是在自个儿玩耍还是受了伤。两把大锹看起来仍然令人发怵，就是最毒的蜈蚣来了，恐怕也要被它的大锹铲到半空。

过了一会儿，大锹甲不知是疲倦了，还是伤情加重，挥舞的动作没有刚看到时那么猛烈了。

看来，这只锹甲应该是和同类斗殴时受了重伤。

过了好久，还是没有哪只虫子敢上前看个究竟。一只小蚁试探着向前，对着锹甲的锹，用触角触碰，牙齿啃咬，最后竟爬到锹甲的身上，摇着头，扭起了屁股。

锹甲很无奈地躺在地上，任凭小蚂蚁在它身上撒野羞辱。

小蚂蚁越发显得轻松，原来，锹甲也没有想象的那么可怕。

围在锹甲身边的蚂蚁越来越多，锹甲挣扎的动作幅度越来越小，最后几乎看不到它在动弹了。

[锹甲] 体形较大，粗壮，呈黑或褐色，少有明亮的色彩。雄虫的上颚发达，形似牡鹿的角。许多种类的角上有更细的分支和齿，角长和体长相当，人手可被夹破。

千足虫的胯下之辱

时间：
2012.10.09
地点：
展厅窗台

千足虫在窗台上晒着太阳，四周静悄悄的。

一只青步甲正急匆匆地赶路，青步甲的上颚就像电动的锯子，不时触碰身旁的落叶。

千足虫好像听到了青步甲的脚步声，惊慌失措。千足虫的外壳虽然有点坚硬，但又怎会经得起青步甲上颚连锯带锉。

千足虫自觉逃跑也来不及，避让也不明智，只好躺下装死。于是，它把自己蜷缩成一个圆圈，好像已经死了很久。

青步甲似乎识破了千足虫的诡计，止步于千足虫的面前，并用利牙反复戳碰千足虫的身体，并把千足虫叼起来又重重地摔在窗台上。

千足虫终于忍受不了，挣扎着想逃。青步甲抬起右前肢，一把按住千足虫，千足虫痛苦地扭动身躯。

僵持了一会儿，青步甲对千足虫好像并没什么兴趣，况且千足虫身上散发出一股难闻的味道。

青步甲有点厌烦了，可又不想轻易放过千足虫，于是叉开了腿。千足虫似乎明白了青步甲的意图，小心地从青步甲的胯下爬了过去。为了感谢青步甲给了活路，千足虫爬过去时还掉转头，轻轻吻了一下青步甲的屁股。

［青步甲］步甲科。头部、前胸背板呈深绿色，具光泽，前胸背板两侧缘呈赤褐色。鞘翅呈黑色，微带绿色光泽。

毒攻

时间：
2010.10.29
地点：
书坊天井

I

书坊的蜈蚣不止一条，它们总在夜间出没。

有一次，蜈蚣伏在天井门背后的电灯开关旁，我开了灯，才看到它离我的手指只有大约五厘米的距离。

我当时吓出了一身冷汗，想用铁锹把它拍扁。可转了一圈也没有找到铁锹，后来想它并没张口咬我，只是受了惊吓，我也就决定放它一条生路。

只是以后每天晚上再开灯的时候，心有余悸，总要先用手机的屏幕亮光照一照墙，壮一壮胆。

过了几日，还是在那只开关旁，一条蜈蚣被粘在蛛网上。

这条蜈蚣身材中等，和上次开关旁见到的那只差不多。

蜈蚣个子虽然不大，却很有力气，它在网上疯狂挣扎着，好像要把整个蛛网摧毁掉。

蜘蛛远远地看着，并不马上近前。看来它要耗尽蜈蚣的体力，现在去和它纠缠还不太明智。

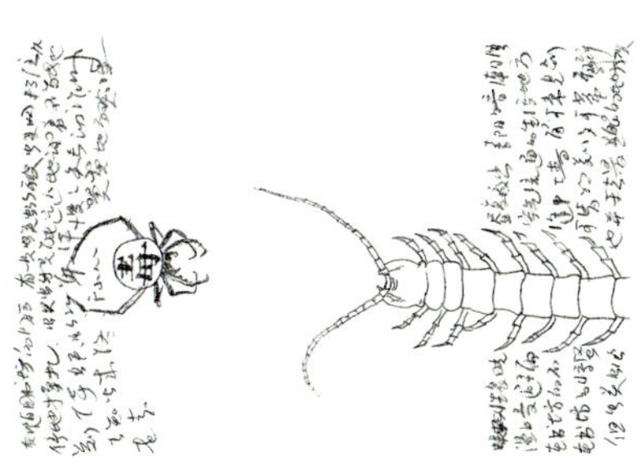

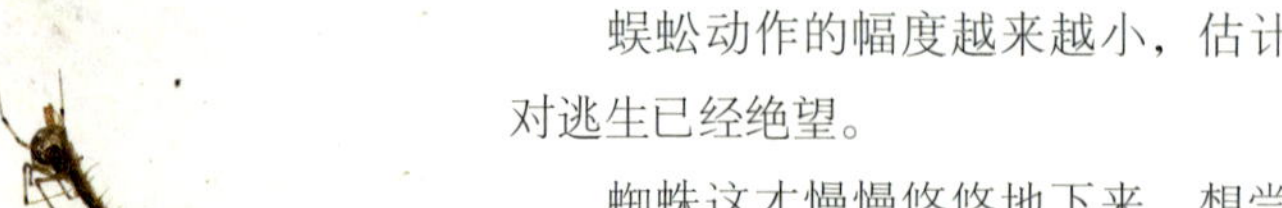

蜈蚣动作的幅度越来越小，估计对逃生已经绝望。

蜘蛛这才慢慢悠悠地下来，想尝尝今天的猎物口味怎样。

蜘蛛首先查看了蜈蚣的尾部，又顺着蜈蚣的身体向前移动，并用它的细腿抚摸着蜈蚣的身体，看来对这顿早餐非常满意。

蜘蛛又向前爬到蜈蚣的头部，用前爪捧起蜈蚣的头，把嘴凑到蜈蚣的耳边，好像要说声对不起。

突然，蜈蚣的身体再次扭动，并一口咬住蜘蛛的前脚。蜘蛛也被激怒了，张口咬住蜈蚣的头，又吐出些丝来，把蜈蚣的头捆了个严实。

蜈蚣终于不再扭动，彻底失去了反抗的能力，身体里的汁液被蜘蛛吸了个干净，小了一圈。

蜘蛛也有点累了，又退到蛛网的上方，八只手脚软弱无力，看样子刚才的搏斗太耗力气了。

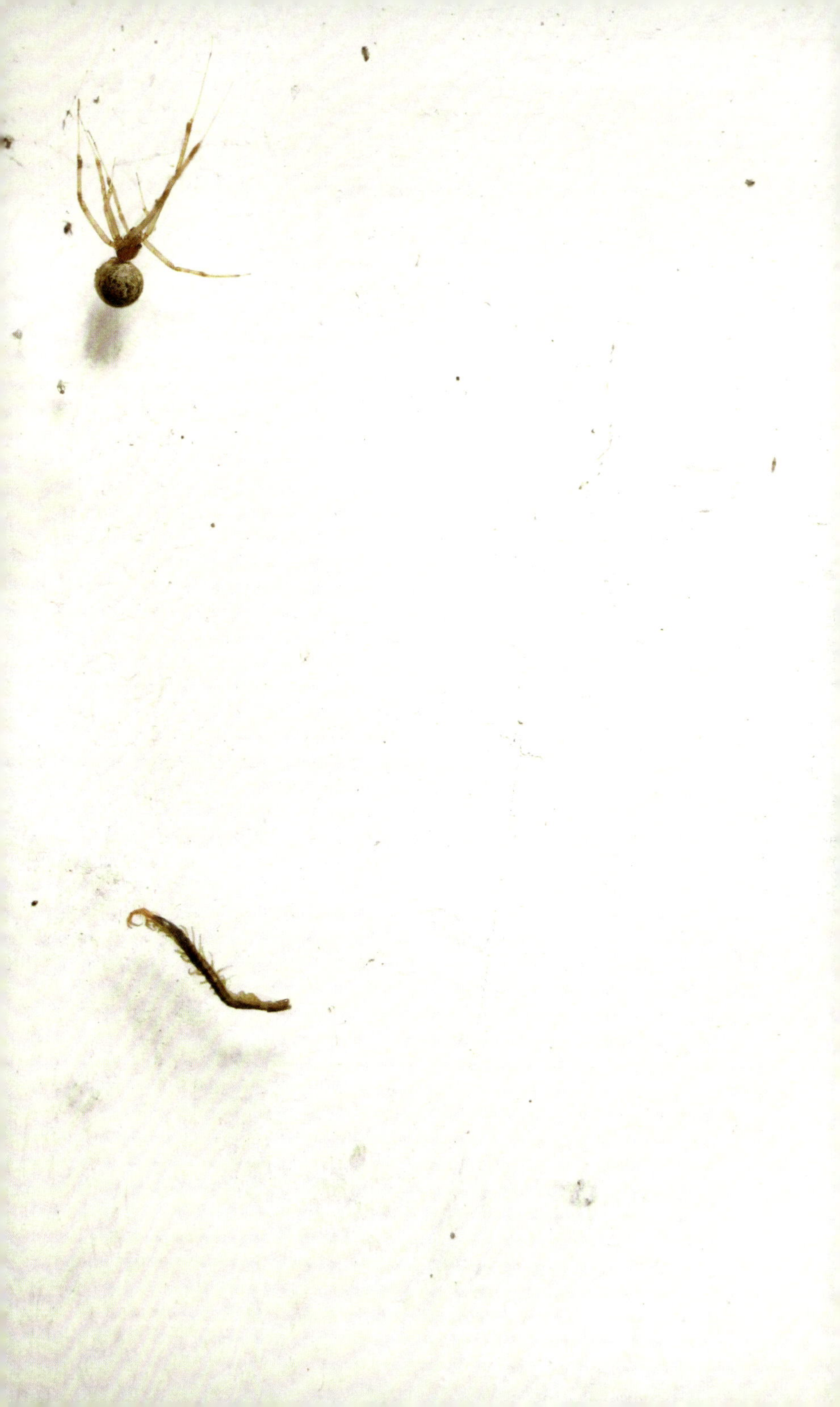

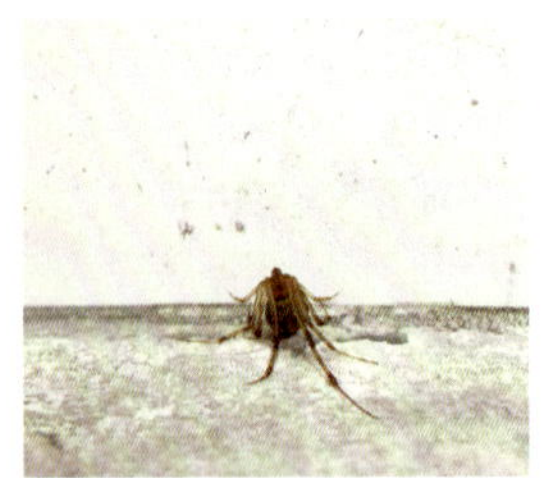

第二天早晨，我看到蜘蛛八只脚合拢，惬意地挂在网上，难道是吃饱喝足了，在做着美梦？我想用小树枝把它弄醒。稍微触碰，蜘蛛竟一下子掉到地上。

蜘蛛仰面朝天地躺着，竟然睡得这么死？我蹲下仔细一看，蜘蛛僵直已久。难道是昨天搏斗时，蜈蚣在最后时刻用它的毒牙给蜘蛛注了毒液？

几只蚂蚁过来，看着这只蜘蛛滚圆的身体，欣喜无比。它们很快又叫来一些同伴，商量怎样把蜘蛛抬回巢里。

蚂蚁们一阵交头接耳之后，合力抬着蜘蛛的尸体慢慢地上了墙壁。

Ⅳ

第三天早晨，书坊的天井仍然像往日般宁静，只是东墙有点异常。两条断断续续的轨迹，由东墙屋檐一直延伸到地面，远看仿佛是两根随风飘荡的黑色丝线。

原来蚂蚁在大搬家，难道是昨天运回去的那只蜘蛛尸体引发了恐慌？

我走近墙壁，仔细来看搬家的蚂蚁。它们分成了两支队伍，右边一支往地面方向，每一只都搬着东西；左边一支往屋檐方向，是空手返回蚁巢并继续下一趟搬运任务的队伍。

只见往地面的队伍中每只都很卖力，有的两只一起抬着粮食，有的抱叼着刚出生的婴儿。还有一些身份特殊长着翅膀、等待婚飞的蚂蚁，它们极不情愿地走在队伍旁边，两手空空，大摇大摆，好像比其他蚂蚁高贵一等。

蚂蚁们搬了一天的家，我始终没见到蚁后的身影，莫非蚁后食用了带有蜈蚣毒液的蜘蛛，毒上加毒，已于昨夜一命呜呼？

[婚飞] 许多低等昆虫繁殖季长出翅膀，在空中寻找异性交配的行为。可促进远源繁殖，形成新群体。

糊涂的蜘蛛，无奈的尺蠖

时间：
2011.11.10
地点：
北草园

深秋季节，树的脚下，一地落叶。

尺蠖选择了一根光秃秃的树枝，想无遮无挡地晒最后一次太阳。

明天尺蠖就要钻进这树根旁的泥土中，度过漫长的严冬，一直等到明年化蛹为蛾。

尺蠖爬上靠右的枝干，选了一个最舒服的姿势。为了免于被别人骚扰，它把自己变成了一根“枯枝”。

一阵瘙痒，尺蠖被惊醒。眼一睁，尺蠖一身冷汗。一只蜘蛛正在面前上下忙碌，尺蠖被没头没脸地吐上蛛丝。原来这只糊涂的蜘蛛错把尺蠖当成了树枝，想在此处织网狩猎。

尺蠖吓得一动不动，原来只是想晒晒太阳，没想到遇着这么大的麻烦。

蜘蛛在熟练地织网，尺蠖半弯着腰累得够呛。

难道这一整个冬天，尺蠖都必须冒充这根倒霉的树枝？

断了一条腿的蝗虫

时间：
2013.11.05
地点：
北草园

松软的沙土上，一只断了右腿的蝗虫在艰难地向前爬行。它已经永远失去了弹跳力，更不可能平稳飞行。

可以想象，在庄稼成熟的时候，它一定也是田野上空成群结队呼啸而来的蝗虫队伍中的一员。

也许是在忘我地狂嚼疯咽之时被螳螂或鸟雀袭击，几经挣扎，不得已才断肢求生。

昔日蝗虫队伍壮观的景象已不复存在，如今它只能拖着残肢，艰难地独自爬行。

天气转凉，风沙迷眼。它一瘸一拐，不知要去往哪里？

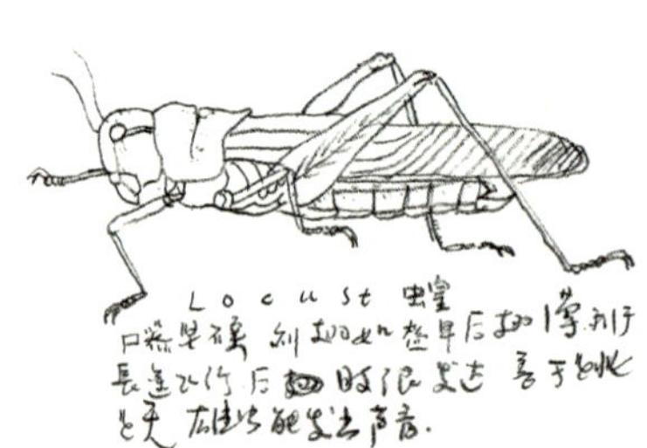

[蝗虫] 全身通常为绿色、灰色、褐色或黑褐色。头大，触角短，后肢发达，成虫善于跳跃和飞行。大多以植物为食物，数量和种类极多，生命力顽强，能栖息在各种场所。

蚁巢门前

时间：
2012.11.20
地点：
前院路边

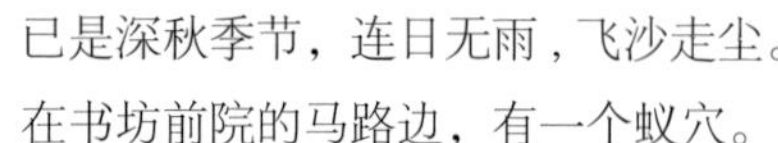

已是深秋季节，连日无雨，飞沙走尘。

在书坊前院的马路边，有一个蚁穴。

蚁穴门口堆了一些干燥的土，这些土形成环形土堆，在向阳的一面留了一个缺口，作为蚂蚁自己进出的通道。

可能是因为气温降低的缘故，并没有看到蚂蚁进出忙碌的景象，只有三三两两地在门口转悠着，大概是把门的卫兵吧。

凉风吹过，两个卫兵好像也耐不住清冷，有点想关门收工的样子。

突然，一个身影随风跌落在门口不远处。原来是一只疲惫的瓢虫，黄色底，黑色斑点，在灰色的路面上异常醒目。瓢虫朝天挥舞着六脚，打着转，想用力翻过身子，蚂蚁似乎嗅到了气息，折回身，向瓢虫靠近。

瓢虫亦好像感觉到了危险，挣扎得更加猛烈。蚂蚁走近，准备拖曳瓢虫。

就在蚂蚁逼近的那一刻，狂风又起，尘土飞扬，瓢虫借着风势翻转过身来，贴着地面连飞带爬，消失在茫茫尘埃中。

[瓢虫] 体形呈半圆球状，脚与触角短小。体色有黑、赤、橙、黄、褐色等艳丽的色彩，身体上的图样也随种类的不同而不同。

优雅的幽灵蛛

时间：
2012.11.09
地点：
天井东墙

幽灵蛛名副其实，总是躲在诡异阴暗的地方，灰色外套，动作从容优雅，连捕食虫子时也不例外。有时候，它会用八只长脚摆出各种造型，像纸扎的灯笼，像刚拔出来的菠萝，又像一粒什么花草的种子飘浮在空中。远远望去，就是一个诡异的幽灵。

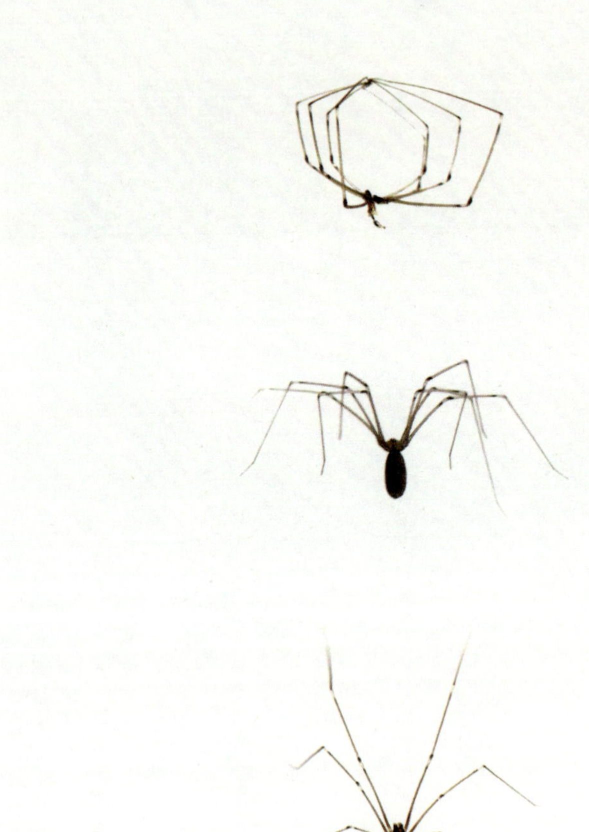

幽灵蛛偶尔会离开网，走出阴暗的角落，到墙上散步。幽灵蛛走起路来没有在网上优雅，八只细细长长的腿似乎很难承受它的体重。前方，一只绿背蜘蛛和一只温室希蛛也在散步，看到幽灵蛛伸出来的手，不知是友爱，还是要伤害，心怀忐忑，不敢上前半步。

深秋的押解

时间：
2012.11.02
地点：
展厅北墙

一天比一天凉了，小虫们都在做着过冬的准备。

墙上有一个蚁巢，离地大概十厘米的样子，黑乎乎的圆形洞口是蚁巢的大门。

洞口有几只蚂蚁在接应外面运送进来的东西，它们大概也兼把门的卫兵。

蚂蚁们运送的东西里，有昆虫尸体、饭粒、草根，还有一些植物的种子，有的像麦粒一样。

蚂蚁们有序地排着队等候，依次把自己找到的食物送往洞口，一点都没有混乱的样子。

一只绿色的蚜虫慢慢地从地面爬上墙，旁边还有两只押解的蚂蚁，蚂蚁们要把它们的“奶牛”带回巢里?

蚜虫顺从地一步步走向洞口，看起来也并没有想逃跑的样子。据说冬天的蚁穴里要比外面暖和得多，而且有吃不完的粮食，与其冻死饿死，不如跟着蚂蚁一起过冬。蚜虫相信，等到明年的春天，蚂蚁们一定会把它送回原来的地方。

蚁巢的洞口伸出一只蚂蚁的脑袋，和押解蚜虫的蚂蚁做了简单的交接。

这只绿色的蚜虫，很快消失在黑乎乎的洞中。

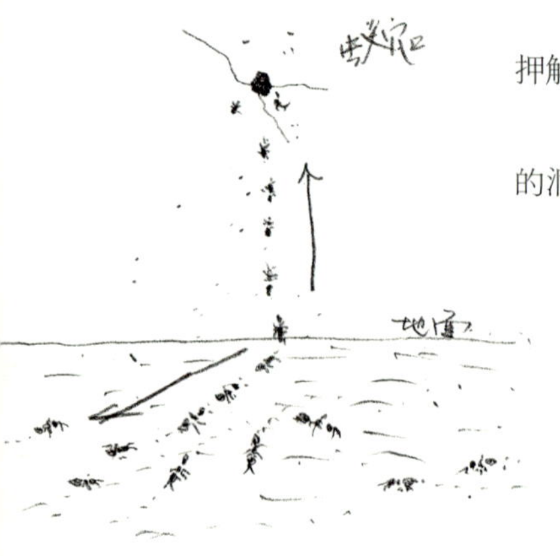

秋风中的甲虫

时间：
2012.11.20
地点：
北草园

秋风把步甲虫送到残败的蒲公英上。
深秋季节的步甲虫，
翅膀已渐渐没了力气。
只是那红围脖在灰蒙蒙的天空下格外地醒目。
甲虫是否想借助蒲公英的种子飘向空中，
去找过冬的地方?
可是，
蒲公英的种子差不多都被风借走了。

蝉蜕小屋

时间：
2013.11.25
地点：
展厅东墙

昨天夜里的风很大。

爬墙虎的叶子只剩下四五片了，卷曲着，无力地挂在枝上。入冬季节，看来连植物都想休息了。

三三两两的蚂蚁仍在爬墙虎枝条上辛勤劳作，它们想赶在第一场寒潮来临之前，多储备一些过冬的粮食。

蚂蚁身旁有一只紧紧抓住枝条的蝉蜕。

虽然经历了一整个夏天的风吹雨打，蝉蜕竟然纹丝未动。而从中蜕变出来的蝉应该早就不在了。

这只蝉蜕对于这些蚂蚁来说并不陌生。虽然蚂蚁们不能把这只庞大的空壳运回巢里食用，但它们常常在蝉蜕里捉到一些小虫，而且每遇狂风暴雨，好多来不及回巢的蚂蚁也都纷纷钻进蝉蜕里躲藏。

气温每天在下降，蚂蚁们要暂时告别这座蝉蜕小屋了。它们似乎有点依依不舍，不停地用触角和指尖轻抚蝉蜕。

[蝉蜕] 又称“蝉衣”，为蝉的幼虫出土后蜕变为成虫时留下的外壳。外形似蝉而中空，稍弯曲。背面呈十字形裂片，裂口向内卷曲。可做中药。

和我一起过冬的蚊子

时间：
2012.10.23
地点：
琴室玻璃门

今天是霜降，在琴室玻璃移门上，竟然有一只蚊子，难道要陪我一起过冬？

想起夏天时，左脸颊上肿了一天的包，凶手有可能就是这只蚊子。睡梦中，我也曾因为这只蚊子挨了我自己的耳光。有时候，它叮咬了我，还要在我耳朵边弄出些声响，明目张胆地告诉我就是它干的。我曾在房间里搜寻过好几次，始终没能找到。

冬天快要来临，这只蚊子竟还赖着不走，难道想要免费享受我的暖气，来年夏天继续让我用鲜血供养？

报复的时候终于到了。

我拿起拖鞋，心里有点激动，又有点紧张，真怕它飞走。

我发现蚊子的翅膀已不硬朗，六肢无力，行动迟缓，只要用鞋底轻轻一蹭，立马就能送它见阎王。

我举起拖鞋走到蚊子跟前，准备对其执行死刑。只见蚊子稍微挪动一只脚，似乎只剩扒着玻璃的力气。透过玻璃，逆着光看，这家伙长得还真精致。因为肚里空空，它看起来通体透明，六足均匀地对称分布，细细长长地延伸向两边，翅膀如水晶一般，两只眼睛就像是戴了墨镜。最让我惊讶的是，蚊子头上的触角，像两片羽毛分散在两边，分明是一种热带植物的花，柔软而透明。我从前后左右，把这只蚊子看了个遍，真要感叹造物主的神奇。

我找来资料对照这只蚊子的长相看，它应该叫摇蚊，是素食蚊子，以植物汁液为食，很少叮人吸血。

我赶紧穿上拖鞋，庆幸刚才没有对其莽撞下手，差一点滥杀无辜。

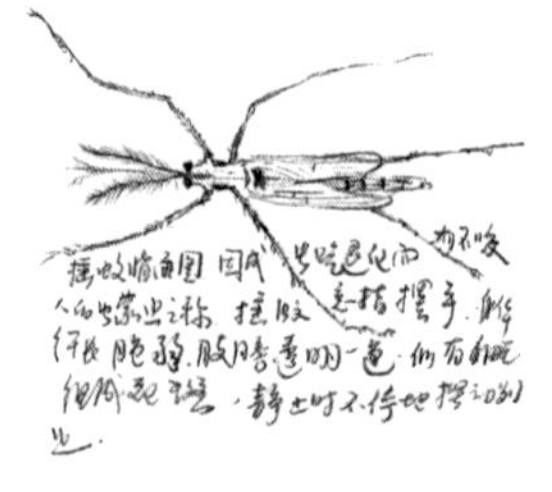

镜子上的食蚜蝇

时间：
2012.11.02
地点：
展厅卫生间

书坊卫生间的镜子上，有一只食蚜蝇。一连几天，它和镜子里的自己兜着圈子，不知是想要拥抱一下这个同类，还是要把它赶出领地。

卫生间很小，也没有窗户，只有一个装着排风扇的出风口，看来这只食蚜蝇是从出风口误撞进来的。

还有几天就立冬了，气温在一天天下降，卫生间里要比外面暖和不少。这里或许是过冬的好地方。

食蚜蝇看着镜子里的另一个食蚜蝇，渐渐平静下来。在这个漫长而寒冷的冬天，有个形影不离的同伴陪着自己，或许会少很多寂寞。

[食蚜蝇] 以幼虫捕食蚜虫而著称。成虫常在花中悬飞，有黄色斑纹，形似黄蜂或蜜蜂，但不蜇人。

风雪中的蜗牛

时间：
2013.02.19
地点：
展厅北墙

天气骤冷，在展厅北墙，一只蜗牛静静地粘在墙壁上，离地不到一人高。

贴近看，蜗牛壳完好无损，而且气孔与墙壁之间有黏膜封牢。

难道这只蜗牛是在夏天睡过了头，到了深秋还不知道？以至于这么冷的天气，根本没有体力探出头来去找一个地方避寒，难道准备就这样熬过一个冬天了？

每天路过这只蜗牛的身旁，我都会放慢脚步，看看它有没有移动的痕迹。

寒露了，霜降了，天气越来越冷，蜗牛依然待在原处，丝毫没有移动。

转眼已经到了年末，下了一场小雪。

风雪中，蜗牛依然牢牢地钉在墙上，蜗牛壳上积满了雪。我不敢把蜗牛强行移走，害怕把它的壳弄破。

我站在蜗牛前，低头吹掉壳上的积雪，衷心祝福它好运气。

但愿眼前的蜗牛能平安地度过这寒冷的冬天。

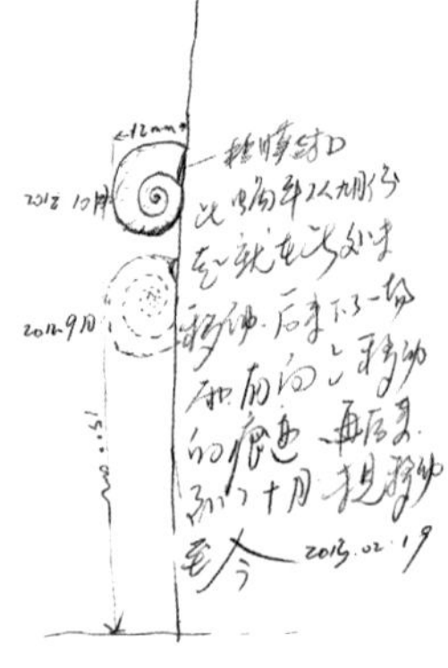

隆冬季节，每当我看到皑皑白雪覆盖下的书坊，总是想到地底下的小虫。

大雪像厚厚的棉被，这样小虫们在地下是不是更暖和一些？

随园书坊本来就是小虫们的家园，因为有了它们，书坊变得热闹、丰富，充满了生气。

感谢小虫们，你们义务充当了书中的主角，给我启迪和体会，也让我知道了很多小虫知道的东西。

小虫们，再坚持一下，雪一化，春天就来了。

看虫

时间：
2014.6.26
地点：
随园书坊

我的童年是在乡下度过的，那时候没有什么玩具，也没有什么图书，只能对身旁的花草和地上的虫子感兴趣。有时候一看就是半天，仿佛自己变成了一只小虫。

后来到城里读书、工作，整天处于一种疲于奔命的状态，关于虫子的各种记忆也慢慢被封存起来。

随着年龄的增长、工作压力的增大以及身体健康状况的变化，我不得不放慢奔跑的脚步，甚至停下手中的事情，坐下来休息。慢下来，我又能看到身边爬行的各种虫子，而且和儿童时期的感受亦有所不同。

我看虫还是以看为主，以拍为辅，也从未把小虫子拿来钉在框里当作标本，更不敢去解剖了。当然，拍也是为了积累创作素材和激发灵感，既未使用大而笨重的专业设备，也没过分追求照片的画质和构图。其实最精彩的画面并没能拍下来，因为看得入神，就会忘记使用相机。如此一来，只能把没有来得及拍摄的情况，用一些简单的文字描述来补充。

以什么样的角度来看虫子之间的各种争斗，这一直也是我犯难的地方。织网的蜘蛛、带壳的蜗牛、长着毒刺的马蜂，还有齐心协力的蚂蚁，到底该去帮谁？我也知道自然自有它的平衡法则，这一切应该由自然去决断，不过，我还是常常倾向处于弱势的一边。

在小虫们短暂的一生里，时常为了一粒米、一个粪球、一只同类的尸体去争斗、掠夺、伪装、残杀……看到这些，自己争强好胜的心火也慢慢熄灭下来。虫的世界，就像镜子一样不时地照见我自己。

有时还会想到，当我趴在地上看虫的时候，在我的头顶上，是否还有另一个更高级的生命，就像我看虫一样，在悲悯地看着我？

被放归自然的拉步甲

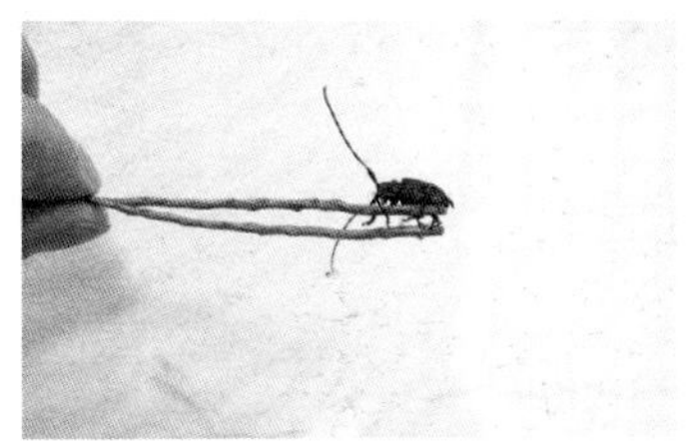

从蜘蛛网上救下的天牛

断翅的蝴蝶被安放到隐蔽的地方

尺蠖被从光滑的桌面移放到树干上

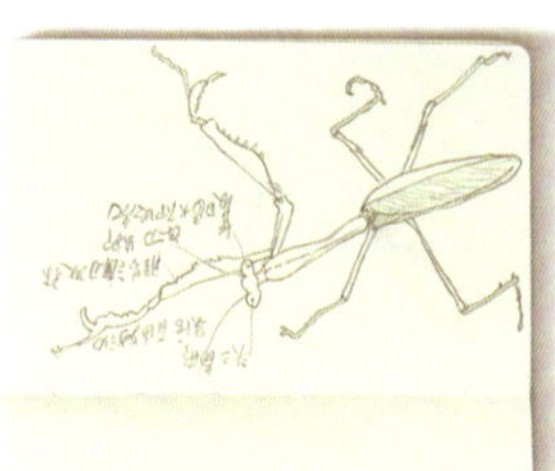

“书坊观虫日志”

朱赢椿 2010 年 — 2014 年使用的笔记本

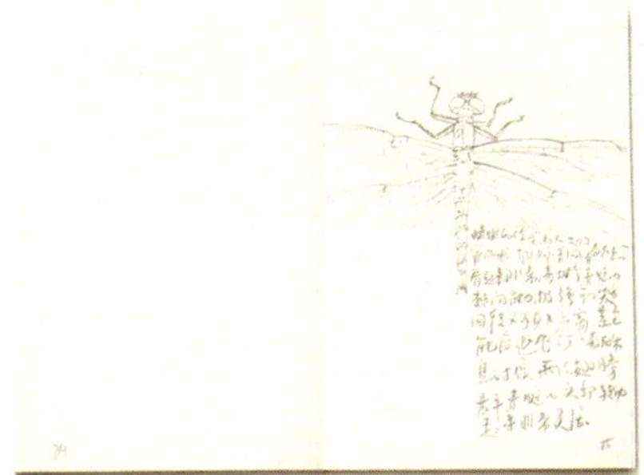

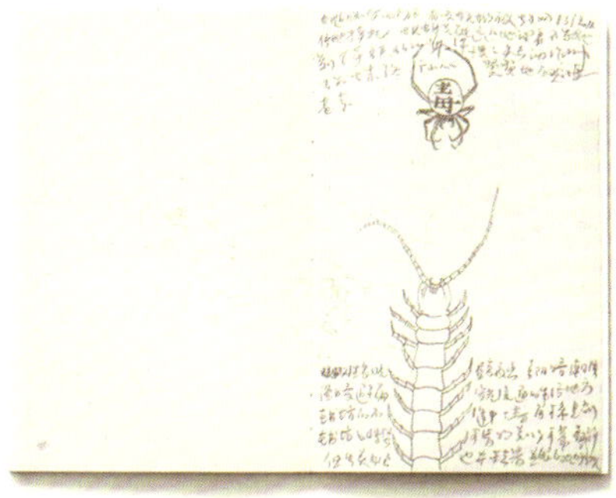

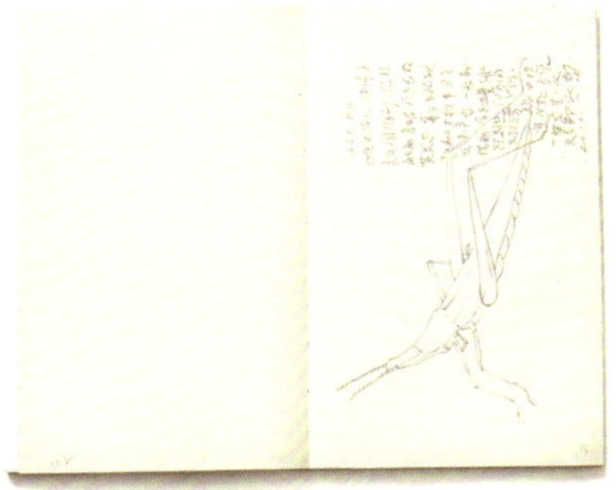

图书在版编目（CIP）数据

虫子旁 / 朱赢椿著 . -- 济南 : 山东文艺出版社 , 2020.8

ISBN 978-7-5329-5987-7

Ⅰ . ①虫… Ⅱ . ①朱… Ⅲ . ①随笔－作品集－中国－当代 Ⅳ . ① I267.1

中国版本图书馆 CIP 数据核字 (2019) 第 251101 号

虫子旁

朱赢椿 观虫日志

策划统筹 李 昕
责任编辑 董树丛
特邀编辑 林妮娜 赵丽苗
装帧设计 朱赢椿 皇甫珊珊
内文制作 杨兴艳
责任印制 万 坤

主管单位 山东出版传媒股份有限公司
出　　版 山东文艺出版社
社　　址 山东省济南市英雄山路189号
邮　　编 250002
网　　址 www.sdwypress.com
发　　行 新经典发行有限公司 电话010-68423599

读者服务 0531-82098776（总编室）
0531-82098775（市场营销部）
电子邮箱 sdwy@sdpress.com.cn

印　　刷 北京奇良海德印刷股份有限公司
开　　本 787mm×1092mm 1/32
印　　张 6.25
字　　数 80千
版　　次 2020年8月第1版
印　　次 2024年11月第10次印刷
书　　号 ISBN 978-7-5329-5987-7
定　　价 59.00元

策　划
李　昕
责任编辑
董树丛
特邀编辑
林妮娜　赵丽苗
装帧设计
朱赢椿　皇甫珊珊
内文制作
杨兴艳

我看虫还是
为辅，也从未把
框里当作标本，
当然，拍也是为
和激发灵感，既
的专业设备，也
的画质和构图。
面并没能拍下来
就会忘记使用
只能把没有来
用一些简单的文

以什么样的
间的各种争斗，
难的地方。织网
蜗牛、长着毒刺
心协力的蚂蚁，
我也知道自然自
这一切应该由自
我还是常常倾向

在小虫们短
常为了一粒米、
同类的尸体去争
残杀……看到这
胜的心火也慢慢
世界，就像镜子
我自己。

有时还会想
上看虫的时候，
是否还有另一
就像我看虫一
着我？

蚂蚁蜘蛛蜗蜻蜓蠖蝉蜥蜴蜈蚣蝽螳螂蜂蚯蚓蛾蝇虻蝼
蛄蠼螋蛔蝗蚱蜢萤蝴蝶蚊蚰蜒蚜蛞蝓蛐蚂蚁蜘蛛蜗蜻
蜓蠖蝉蜥蜴蜈蚣蝽螳螂蚯蚓蛾蝇虻蝼蛄蠼螋蛔蝗蚱
蜢萤蝴蝶蚊蚰蜒蚜蛞蝓蛐蚂蚁蜘蛛蜗蜻蜓蠖蝉蜥蜴蜈
蚣蝽螳螂蜂蚯蚓蛾蝇虻蝼蛄蠼螋蛔蝗蚱蜢萤蝴蝶蚊蚰
蜒蚜蛞蝓蛐蚂蚁蜘蛛蜗蜻蜓蠖蝉蜥蜴蜈蚣蝽螳螂蜂蚯
蚓蛾蝇虻蝼蛄蠼螋蛔蝗蚱蜢萤蝴蝶蚊蚰蜒蚜蛞蝓蚂
蚁蜘蛛蜗蜻蜓蠖蝉蜥蜴蜈蚣蝽螳螂蜂蚯蚓蛾蝇虻蝼蛄
蠼蛔蝗蚱蜢萤蝴蝶蚊蚰蜒蚜蛞蝓蛐蚂蚁蜘蛛蜗蜻蜓
蠖蝉蜥蜴蜈蚣蝽螳螂蜂蚯蚓蛾蝇虻蝼蛄蠼螋蛔蝗蚱蜢
萤蝴蝶蚊蚰蜒蚜蛞蝓蛐蚂蚁蜘蛛蜗蜻蜓蠖蝉蜥蜴蜈蚣
蝽螳螂蜂蚯蚓蛾蝇虻蝼蛄蠼螋蛔蝗蚱蜢萤蝴蝶蚊蚰蜒
蚜蛞蝓蛐蚂蚁蜘蛛蜗蜻蜓蠖蝉蜥蜴蜈蚣蝽螂蜂蚯蚓
蛾蝇虻蝼蛄蠼螋蛔蝗蚱蜢萤蝴蝶蚊蚰蜒蚜蛞蝓蛐蚂蚁
蜘蛛蜗蜻蜓蠖蝉蜥蜴蜈蚣蝽螳螂蜂蚯蚓蛾蝇虻蝼蛄蠼
螋蛔蝗蚱蜢萤蝴蝶蚊蚰蜒蚜蛞蝓蛐蚂蚁蜘蛛蜗蜻蜓蠖
蝉蜥蜴蜈蚣蝽螳螂蜂蚯蚓蛾蝇虻蝼蛄蠼螋蛔蝗蚱蜢萤
蝴蝶蚊蚰蜒蚜蛞蝓蛐蚂蚁蜘蛛蜗蜻蜓蠖蝉蜥蜴蜈蚣蝽
螳螂蜂蚯蚓蛾蝇虻蝼蛄蠼螋蛔蝗蚱蜢萤蝴蝶蚊蚰蜒蚜
蛞蝓蛐蚂蚁蜘蜗蜻蜓蠖蝉蜥蜴蜈蚣蝽螳螂蜂蚯蚓蛾
蝇虻蝼蛄蠼螋蛔蝗蚱蜢萤蝴蝶蚊蚰蜒蚜蛞蝓蛐蚂蚁蜘
蛛蜗蜻蜓蠖蝉蜥蜴蜈蚣蝽螳螂蜂蚯蚓蛾蝇虻蝼蛄蠼螋
蛔蝗蚱蜢萤蝴蝶蚊蚰蜒蚜蛞蝓蛐蚂蚁蜘蛛蜗蜻蜓蠖蝉
蜥蜴蜈蚣蝽螳螂蜂蚯蚓蛾蝇虻蝼蛄蠼螋蛔蝗蚱蜢萤蝴
蝶蚊蚰蜒蚜蛞蝓蛐蚂蚁蜘蛛蜗蜻蜓蠖蝉蜥蜴蜈蚣蝽螳
螂蜂蚯蚓蛾蝇虻蝼蛄蠼螋蛔蝗蚱蜢萤蝴蝶蚊蚰蜒蚜蛞
蝓蛐蚂蚁蜘蛛蜗蜻蜓蠖蝉蜥蜴蜈蚣蝽螳螂蜂蚯蚓蛾蝇
虻蝼蛄螋蛔蝗蚱蜢萤蝴蝶蚊蚰蜒蚜蛞蝓蛐蚂蚁蜘蛛
蜗蜻蜓蠖蝉蜥蜴蜈蚣蝽螳螂蜂蚯蚓蛾蝇虻蝼蛄蠼螋蛔
蝗蚱蜢萤蝴蝶蚊蚰蜒蚜蛞蝓蛐蚂蚁蜘蛛蜗蜻蜓蠖蝉蜥
蜴蜈蚣蝽螳螂蜂蚯蚓蛾蝇虻蝼蛄蠼蛔蝗蚱蜢萤蝴蝶
蚊蚰蜒蚜蛞蝓蛐蚂蚁蜘蛛蜗蜻蜓蠖蝉蜥蜴蜈蚣蝽螳螂
蜂蚯蚓蛾蝇虻蝼蛄蠼螋蛔蝗蚱蜢萤蝴蝶蚊蚰蜒蚜蛞蝓

蚰蚂蚁蜘蛛蜗蜻蜓蠖蝉蜥蜴蜈蚣蝽螳螂蜂蚯蚓蛾蝇虻
蝼蛄蠼螋蝈蝗蚱蜢萤蝴蝶蚊蚰蜒蚜蛞蝓蚰蚂蜘蛛蜗
蜻蜓蠖蝉蜥蜴蜈蚣蝽螳螂蜂蚯蚓蛾蝇虻蝼蛄蠼螋蝈蝗
蚱蜢萤蝴蝶蚊蚰蜒蚜蛞蝓蚰蚂蚁蜘蛛蜗蜻蜓蠖蝉蜥蜴
蜈蚣蝽螳螂蜂蚯蚓蛾蝇虻蝼蛄蠼螋蝈蝗蚱蜢萤蝴蝶蚊
蚰蜒蚜蛞蝓蚰蚂蚁蜘蛛蜗蜻蜓蠖蝉蜥蜴蜈蚣蝽螳螂蜂
蚯蚓蛾蝇虻蝼蛄蠼螋蝈蝗蚱萤蝴蝶蚊蚰蜒蚜蛞蝓蚰
蚂蚁蜘蛛蜗蜻蜓蠖蝉蜥蜴蜈蚣蝽螳螂蜂蚯蚓蛾蝇虻蝼
蛄蠼螋蝈蝗蚱蜢萤蝴蝶蚊蚰蜒蚜蛞蝓蚰蚂蚁蜘蛛蜗蜻
蜓蠖蝉蜥蜴蜈蚣蝽螳螂蜂蚯蚓蛾蝇虻蝼蛄蠼螋蝈蝗蚱
蜢萤蝴蚊蚰蜒蚜蛞蝓蚰蚂蚁蜘蛛蜗蜻蜓蠖蝉蜥蜴蜈
蚣蝽螳螂蜂蚯蚓蛾蝇虻蝼蛄蠼螋蝈蝗蚱蜢萤蝴蝶蚊蚰
蜒蚜蛞蝓蚰蚂蚁蜘蛛蜗蜻蜓蠖蝉蜥蜴蜈蚣蝽螳螂蜂蚯
蚓蛾蝇虻蝼蛄蠼螋蝈蝗蚱蜢萤蝴蝶蚊蚰蜒蚜蛞蝓蚰蚂
蚁蜘蛛蜗蜻蜓蠖蝉蜥蜴蜈蚣蝽螳螂蜂蚯蚓蛾蝇虻蝼蛄
蠼螋蝈蝗蚱蜢萤蝴蝶蚊蚰蜒蚜蛞蝓蚰蚁蜘蛛蜗蜻蜓
蠖蝉蜥蜴蜈蚣蝽螳螂蜂蚯蚓蛾蝇虻蝼蛄蠼螋蝈蝗蚱蜢
萤蝴蝶蚊蚰蜒蚜蛞蝓蚰蚂蚁蜘蛛蜗蜻蜓蠖蝉蜥蜴蜈蚣
蝽螳螂蜂蚯蚓蛾蝇虻蝼蛄蠼螋蝈蝗蚱蜢萤蝴蝶蚊蚰蜒
蚜蛞蝓蚰蚂蚁蜘蛛蜗蜻蜓蠖蝉蜥蜴蜈蚣蝽螳螂蜂蚯蚓
蛾蝇虻蝼蛄蠼螋蝈蝗蚱蜢萤蝴蝶蚊蚰蜒蚜蛞蝓蚰蚂蚁
蜘蛛蜗蜻蜓蠖蝉蜥蜴蜈蚣蝽螳螂蜂蚯蚓蛾蝇虻蝼蛄蠼
螋蝈蝗蚱蜢萤蝴蝶蚊蚰蜒蚜蛞蝓蚰蚂蚁蜘蛛蜗蜻蜓蠖
蝉蜥蜴蜈蚣螳螂蜂蚯蚓蛾蝇虻蝼蛄蠼螋蝈蝗蚱蜢萤
蝴蝶蚊蚰蜒蚜蛞蝓蚰蚂蚁蜘蛛蜗蜻蜓蠖蝉蜥蜴蜈蚣蝽
螳螂蜂蚯蚓蛾蝇虻蝼蛄蠼螋蝈蝗蚱蜢萤蝴蝶蚊蚰蜒蚜
蛞蝓蚰蚂蚁蜘蛛蜗蜻蜓蠖蝉蜥蜴蜈蚣蝽螳螂蜂蚯蚓蛾
蝇虻蝼蛄蠼螋蝈蝗蚱蜢萤蝴蝶蚊蚰蜒蚜蛞蝓蚰蚂蚁蜘
蛛蜗蜻蜓蠖蝉蜥蜴蜈蚣蝽螳螂蜂蚯蚓蛾蝇蝼蛄蠼螋
蝈蝗蚱蜢萤蝴蝶蚊蚰蜒蚜蛞蝓蚰蚂蚁蜘蛛蜗蜻蜓蠖蝉
蜥蜴蜈蚣蝽螳螂蜂蚯蚓蛾蝇虻蝼蛄蠼螋蝈蝗蚱蜢萤蝴
蝶蚊蚰蜒蚜蛞蝓蚰蚂蜘蛛蜗蜻蜓蠖蝉蜥蜴蜈蚣蝽螳
螂蜂蚯蚓蛾蝇虻蝼蛄蠼螋蝈蝗蚱蜢萤蝴蝶蚊蚰蜒蚜蛞

bug
NEXT TO BUGS